Journal de mon internement
volontaire en clinique psychiatrique

AVERTISSEMENT AUX LECTEURS

Les textes horodatés qui suivent sont spontanés et non retravaillés. Ils correspondent plus à une auto thérapie personnelle qu'autre chose. Ce faisant, les événements qui les ont produits peuvent toucher certains d'entre vous et, avec la bénédiction de mon psychiatre, j'ai décidé de les publier, à toutes fins utiles. Toutefois ils ne reflètent que ma vision et mon vécu (je ne le dirai jamais assez) et ne sauraient servir à apprécier, juger, jauger les personnes citées, si ce n'est moi. Attention également car ce sont des mots surgis au cœur d'une grave dépression et ils peuvent choquer, bousculer voire blesser tant ils sont bruts et directs.

Je vous demande pardon par avance si mes propos vous procurent quelque chose de négatif. Ce n'est absolument pas dans mes intentions.

Toutefois, si une seule personne au monde est déclenchée positivement par mes mots alors cela aura valu de le faire.

Merci de votre compréhension.

CITATIONS

Je fais référence à plusieurs reprises à un livre qui m'a largement permis d'émerger, il s'agit de :
LE MANUEL DU GUERRIER DE LA LUMIERE
De Paulo Coelho aux éditions Le Livre de Poche n°14772

1

Carnet de route improbable
d'une renaissance inespérée

REMERCIEMENTS

- A ma mère sinon je ne serai pas là pour en parler...
- A mon père qui a préféré partir de ce monde avant mon orage, qu'il repose en paix avec tout mon amour
- A Sophie qui, si elle lit ces écrits, sera surement encore blessée, pardon
- A Mazen Hamdane qui m'a accueilli, suivi... et laissé repartir en paix
- A cette petite luciole qui est rapidement apparu au bord du chemin pour éclairer mes pas incertains même si elle ne fait pas partie de cette histoire mais de la prochaine
- A Claude et Christine car sans eux j'aurai pas trouvé l'entrée de la clinique et parce que Claude... c'est Claude
- A tous ceux qui me liront et qui ne m'en voudront pas malgré tout
- A ceux que j'oubli...
- A tous les autres aussi

Merci

Journal de mon internement
volontaire en clinique psychiatrique

Le 30 décembre 2008 j'ai craqué et j'ai décidé de me faire interner en clinique psychiatrique. J'ai passé la matinée chez mon ami Claude à pleurer et à dire « c'est pas propre, c'est pas propre » faisant référence à mon impuissance à aller plus loin et mon sentiment d'abandonner ma femme et mes enfants, n'y pouvant plus rien.

J'ai été admis à 14h. J'ai passé l'après-midi à pleurer, effondré. J'ai refermé un couvercle de plomb sur moi, je sombre, j'ai peur, je pleure sans pouvoir m'arrêter, presque en dormant, je ne sens que le désespoir.

J'agonise pendant 3 jours puis plus rien. Le vide, je me déplace comme une écorce desséchée ballotée par le vent et la pluie. Tout s'est arrêté, le temps, l'espace, je ne ressens plus rien et pourtant on ne m'a pas chargé de cachets, le psychiatre ayant constaté un état dépressif grave mais une capacité mentale saine ne nécessitant pas de drogues fortes. Il m'a donné des doses de nourrissons justes pour tranquilliser (tranksen 5 et norset).

J'ai tout de même réussi à prévenir quelques personnes que ce n'est plus la peine de m'attendre et notamment Serge dont la réponse a dû semer le germe de ce qui s'ensuivit pour moi. Voici l'échange :

07/01/09 17:42

De:

Trévidic, Valentin

Bon ben finalement g craqué. Je suis en clinique depuis le 30 pour soigner ma dépression. Après le curé, voilà le psycho du GRD ! Je reprendrai contact après ma traversée du désert, prenez soin de vous, la bise à Rachel. Je reviendrai car ce qui reste de moi c la moto, et tout ces beaux projets. Amitiés.

Valentin

07/01/09 20:44

De:

Nuques, Serge

Salut valentin, nous sommes content de savoir que tu t'es lancé dans une traversé du désert mais ne panique pas si tu est tout seul car tu doit etre sur la route du dakar en afrique et les autres sont en argentine/chili...pas grave... mais une chose est sure c'est que nous serons là pour t'acceuilir à ton retour

3

Carnet de route improbable
d'une renaissance inespérée

de cette con de traversé...soit fort, ma soeur vient de passer par là et il ne faut rien lacher... On t'attend... Et que le GRD power soit avec toi...ze familys

J'ai erré, avec la sensation d'une baignoire que l'on vide, aspiré sans fin par ma propre vacuité jusqu'au lundi 12 janvier. Au matin je suis sorti m'asseoir sur le banc face aux montagnes. Et j'ai pensé ceci : je suis mort et pourtant mon corps fonctionne. Puis me laissant aller à recevoir ce paysage magnifique j'ai recommencé à sentir tout au fond de mon ventre une petite boule qui cherchait à se frayer un chemin jusqu'à ma conscience. D'un coup j'ai pensé des mots, comme un robinet que l'on ouvre de plus en plus fort. J'ai bondi de mon banc, filé jusqu'à l'infirmerie, demandé du papier et un stylo et je suis revenu sur le banc. J'ai dit à haute voix : « Vas-y, laisse aller, si quelque chose est là c'est que tu es vivant, même si tu ne le veux pas ». Et le flot a commencé, voici les mots :

Lundi 12 janvier 2009

Ma tristesse

Je t'offre cette journée tristesse.
Ma tristesse, je te laisse agir à ta guise,
Profites en bien, sois pleine et entière.
Je te dédis ces mots et ce temps,
Viens, prends moi corps et âme, envahis moi !
Sans retenue, utilise mes larmes et la peine qui m'habite.
Cette journée t'appartient, je ne lutterai pas.
Les sanglots qui remontent du fond de mes entrailles et
traversent mon cœur, en arrachant encore un peu plus, sont le
présent que je t'offre à jamais.
Ma tristesse, exprimes toi, profites en bien car je t'offre ma vie
en ce jour.
En ce jour car toi aussi, Ma Tristesse, il faudra que tu me
quitte.
Je t'offre cette journée car demain je ne serai plus là.
J'ai encore des présents à faire avant que la vie me quitte. Je me
dois à la douleur, je me dois à la colère, je me dois à l'injustice
et sûrement d'autres créanciers tenaces.
Mais ce qu'il me restera si Dieu me prête vie, sera pour Ma
Joie, mon Amour, pour la Vie.
Je t'aime Ma Tristesse, que cela éclaire ton chemin.

22h20

La jalousie

Te voila toi, la salope des faubourgs, prêtes à jouir de mes moindres sursauts.

Viens, viens à moi, ose te dresser en face et affronte ma honte sans vergogne !

Mais non, tu préfères te glisser, larvaire, derrière mon dos quand le poids de mes souffrances semblent m'affaiblir ; mais voilà, je ne suis pas prêt à mourir, je n'ai pas fini de régler mes dettes. Alors je me retourne vers toi et te regardes au fond de tes yeux glauques.

Tu fais comme le charognard infâme, tu feins la soumission, tu te couches sur le dos et écartes les pattes comme une nonne démoniaque cherchant les faveurs de Satan. Tu utilises ma force de vie, m'excitant et me castrant à la fois par tes projections perverses.

Mais voilà, je ne suis ni Dieu ni Diable, je ne suis qu'un homme qui marche debout et je ne peux t'offrir que ma frustration et ma faiblesse.

Tu pourras toujours m'assaillir et je resterai prostré là, la peur au ventre appelant la Mort à mon secours.

Mais elle ne viendra pas ce soir, elle ne se déplace pas pour rien. Et si je ne suis rien tu ne peux être, toi, la jalousie le mensonge ou la haine... Que rien.

Alors que Dieu m'aide à me passer de tes services médiocres et sans valeurs car Ma tristesse m'a laissé une gentille note me disant que quand j'aurais payé mon tribu aux belles énergies de la colère et de la douleur, Ma force et Ma joie reviendront de leurs long périple initié depuis 7 ans.

À ce moment là tu n'auras plus longtemps à vivre car je ne t'aime pas, toi ma jalousie. C'est le sabre de lumière qui tranchera en toi comme le Soleil tranche la nuit ; et pourtant il est amoureux de la Lune, comme moi.

Je n'ai plus faim, je décide le 15 au matin de ne plus manger pour affaiblir mes mauvaises « humeurs ». Je le fais en conscience et dans une volonté de test. Le 15 au soir après une journée très dure affectivement, je m'écroule épuisé, je n'ai plus de volonté mais mes fantômes me laissent en paix. Le 16, rémission, tout le monde médical s'agite et s'inquiète mais je me sens en forme, je marche avec plaisir, je me laisse vivre. J'explique ma démarche au psychiatre et au personnel soignant. J'essaierai de remanger demain, mais calmement, en conscience, le nécessaire vital. Je cherche un chemin dans mon corps, mon cœur et mon esprit.
Le psychiatre est visiblement impressionné par la difficulté de cette démarche en cette période troublée. Sincèrement je ne me force pas, au contraire, je me sens libre. Vive la diète !

Jeudi 15 janvier 2009

Aujourd'hui j'ai rencontré le Rien.

Et toute la journée a été vide, il y avait Rien. Et il y a Rien à dire. Finalement je me suis assoupi, vidé de tout, rempli de Rien, épuisé. Mon sommeil comateux a permis à mes fantômes de revenir me hanter. Mais même eux semblent voilés, comme si ma faiblesse les rendaient moins persistants. Je ne suis que douleur, que souffrance, je ne suis rien, je ne sers plus à rien.

Voilà ce qu'il me semble, je n'existe qu'à travers le regard des autres, et plus je m'isole moins j'existe.
Je souffre de n'avoir su l'aimer de manière satisfaisante pour elle et je souffre de n'avoir su me faire aimer de manière satisfaisante pour moi. J'ai honte de la souffrance que j'ai su produire.
L'avantage d'être seul est que je m'épuise et que mes fantômes

s'épuisent. La certitude que j'ai est que si je veux les éliminer, il me suffit de disparaître. La question est : est-ce que j'aurais la chance, comme dans «Fight club», de survivre à leur mort ?

Je ne suis pas un héros, j'ai cette histoire qui me travaille depuis longtemps et je vais la conter ici :
Un couloir sombre, une cellule fermée par de gros barreaux, au fond dans le coin gauche une lueur blafarde éclaire un petit être nu, recroquevillé sur lui-même, blanc translucide, de grands yeux ronds qui prennent la moitié de son visage au-dessus d'une petite bouche timide. Son expression ressemble à une demande d'excuse. Son regard apeuré regarde vers la porte à barreaux, et parfois, terrifié, il sonde le noir au-delà.
Soudain, du remue-ménage, des cris, des éclairs de lumière !
Puis, somptueux et grandiose dans sa beauté de «gendre idéal», respirant la force et le courage, apparaît dans le couloir le héros de la révolution, bravant tous les dangers, il passe...
Quand soudain, remarquant le petit être au fond de sa cellule, il s'arrête, princier, protecteur et confiant. D'un geste large et magnanime, un sourire plein de compassion et de belles dents blanches illuminant son visage parfait dont toutes les femmes rêveraient, il ouvre grand la cellule. Il dit de sa voix grave et rassurante
- tu es libre petit, sors, je t'ai libéré !
Puis il continue son chemin auréolé de gloire vers la grande lumière qui brille maintenant à l'autre bout du couloir.

Alors, tremblant de tous ses membres, le petit être luttant comme un damné contre ses peurs, fini par réussir à déplier son petit corps chétif. Infiniment doucement, tout courbé de peur, dans un glissement silencieux il arrive, après bien des luttes intérieures probablement, à se mouvoir jusqu'à l'orée de sa cellule. Et là, investissant ses dernières forces, dans un geste ultime et courageux, il bondit, attrape la grille et tirant fort dessus arrive enfin à la refermer sur lui.

Presque apaisé il retourne à sa place, recroquevillé au fond de sa cellule.

Putain de héros ! Qui peut se permettre de croire que la liberté peut se donner ou se prendre, la liberté n'existe pas, chacun la crée à sa manière. Le héros se croyait sûrement très fort mais le petit être aurait pu en mourir de cette liberté. L'avantage du petit être c'est qu'il emmerde personne ! Même pas le héros qui n'a pas pris le temps de mesurer les conséquences de ses actes, trop sûr de Sa vérité.

Combien de morts effectives ou latentes au nom de la vérité et de la liberté ?

Je n'aimais pas trop l'école mais les cours d'histoire me captivaient et m'effrayaient à la fois. J'y ai probablement planté les graines de ma dépression et de mes premiers fantômes ! «Schizophrénant» allègrement entre le héros et le petit être. Il me reste ce soir l'amer goût du «Trop tard !».

Le caquetage incessant des gens qui vivent «normalement» autour de moi est assourdissant.

Je rêve de pouvoir m'allonger nu sous un arbre unique au milieu d'un désert, les caravanes passant au loin ne faisant aucun bruit capable de m'atteindre. Je rêve de m'endormir nu sous cet arbre, perdant toute sensation, puis plus rien.

Pourquoi même ici les gens se regroupent et ne cessent de parler, de tout et de rien, comme si de rien n'était. «La vie continue» ? C'est le leitmotiv incontournable ? Mais quelle vie ! Et si elle continue toute seule quoiqu'il arrive, à quoi servent alors ces simagrées ? Pourquoi s'y accrocher ? Peur de voir qu'on y peut rien ?

Et pourtant certains pleure parfois, d'autres baves, d'autres s'arrêtent devant le grillage et parlent tout seul, mais quand même ils se regroupent entre deux crises, entre deux désespoirs et font comme si «la vie continue».

Pourquoi ce besoin de «normalité» ? Je ne m'y retrouve pas, je cherche autre chose et si je ne trouve rien je meurs, la vie continuera son incessant théâtre désarticulé sans moi.

À quoi servent les psychologues ? La psychothérapie ? J'aime bien les psychiatres ici car ils semblent «normaux», comme moi impuissant mais essayant de faire au mieux avec les médocs et leur humanité.

2 textes que j'aime : les béatitudes et Ar Rannoù (les séries en breton) dont voici la première :

«Pas de série pour le nombre un : la nécessité unique. L'Ankou père de la douleur, Rien avant, rien de plus.»

Je n'ai plus envie de Rien, je n'ai plus envie du Tout...

Vendredi 16 janvier 2009

10h

Aujourd'hui je me sens mieux, plus calme.
J'hésitai mais si j'accepte la souffrance, je me dis que je dois
aussi accepter les moments de rémission, humblement.

Voilà l'histoire telle que j'aimerai qu'elle se passe :
Le héros s'arrête, ouvre la grille et explique ceci au petit être :
«je ne peux t'expliquer tes peurs mais si tu veux essayer de
profiter de cette porte ouverte, je peux rester avec toi, essayer
de t'accompagner un moment pour te montrer ce qu'il y a au-
delà. Cela pourrait t'aider à choisir. Si tu as faim je te nourrirai
et, dans le même temps, je te montrerai comment tu peux te
nourrir. Si cela te plait tu pourras continuer seul ou revenir
dans ta cellule, car ici est ta place et personne ne t'en chassera».

Alors le petit être déciderai d'essayer et, ce faisant, aiderai le
héros à être moins sérieux, moins pompeux, moins
grandiloquent, plus joueur, plus joyeux, plus patient.
Ensuite, je ne sais pas encore, cela reste à écrire.

Plus jeune je passais déjà pour plus vieux, plus mûr, plus ceci
ou cela, finalement je n'ai pas vécu mes âges à leurs périodes.
«Tout ce qui n'est pas donné est perdu» dit une sentence. Mais
je commence à comprendre que tout ce que je ne me suis pas
donné est perdu. Il n'y a pas de marche arrière dans la vie.
M'attaquer au roncier de mon passé est peut-être simplement
de l'accepter car «trop tard» ne veut pas dire «fini».

Aujourd'hui le pardon que je cherche est peut-être dans la

qualité de ce qu'il me reste à vivre. Créer un beau jardin fleuri autour de ce roncier qui, finalement, donne un cœur, un centre, une racine à ce qui l'entoure. Comme une étoile noire donne vie aux planètes.

La vie naît du chaos, des cercles concentriques autour d'une lourde pierre jetée dans l'eau, à moi de ne pas les rendre vicieux.

Hé ! Le héros ! Serais-tu encore là pour moi ? J'en parlerai à mon psy…

13h

Je vois que dans ces moments calmes, je vois des chemins plus nombreux pour continuer ma route. Tous possibles mais aucun obligé. D'autres chemins existent que je ne vois pas encore, tout est optionnel, y compris de rester là à attendre. Aujourd'hui je réalise aussi qu'elle a été le petit être souvent au début et moi toujours le héros trop pompeux. Mais parfois aussi j'ai su être un héros plus humble et elle m'a accompagné aussi dans ces moments.

Elle m'a dit avoir fait le bilan. Moi aussi je le fais et je suis heureux d'y voir de belles choses. Même certains moments difficiles dans notre compréhension mutuelle me semblent doux et satisfaisants à se souvenir. Les moments terribles je les laisse partir car ils ne m'appartiennent pas en entier et je ne veux plus les porter. Je vois aussi que la séparation peut-être une bonne chose même si d'autres possibles existent. Il n'y a jamais « une seule chose à faire ». Par contre je réalise que de bons choix peuvent être faits pour de mauvaises raisons. J'ai envie ici de lui dire Merci pour toutes les bonnes choses que j'ai pu vivre avec elle, même les mauvais moments. J'ai aussi envie de trouver de meilleures raisons à notre séparation. J'ai envie d'y voir du bien même si d'autres possibles existent.

J'ai autant fait de bons choix avec de mauvaises raisons que de mauvais choix pour de bonnes raisons.

Mais en fait ce n'était que des choix, pas la seule chose possible. J'aimerai devenir plus sensible à la manière de faire ces choix.

Je sais que demain peut être un jour de tempête, mais si j'apprends à vivre avec mes contradictions peut-être arriverais-je à être prêt ?

Je ne crois pas pouvoir tenir en équilibre, mais si j'accepte la chute possible, si elle se produit je serai peut-être capable de me relever et de remonter sur mon fil, sans jugement, sans complexes, sans peurs inutiles.

13h50

Il faudrait que je trouve à lister les bonnes raisons car pour moi elles ne peuvent être issues du passé, quel qu'il ait été.

15h45

Il y a une chose à laquelle je pense depuis le début de mon internement et que je n'ai pas encore exprimée. Le psychiatre m'y a fait repenser. Un de mes gros problèmes est que j'ai sacralisé son corps et sa personne. Du coup je la rendais inaccessible, et pour moi quand elle se refusait à moi et surtout aux autres que je considérai comme intolérable dans ce temple sacré. Le fait est que plus elle cherchait à vivre, plus je me sentais en danger. Plus ma peur de ne plus être à la hauteur de ma mission de grand prêtre de ce temple me torturait. Et quand la porte s'est refermée avec moi au-dehors, je n'ai plus existé. Terrifiant ! Je préfère ne pas insister sur ces tristes et pitoyables erreurs que je me suis imposé, le temps et les psys travaillent pour moi. Qu'un jour je puisse me pardonner et faire la paix avec moi-même.

La complainte du stylo :
Il vient de m'arriver une aventure bien étrange. Je m'étais arrêté pour écrire ce matin sur les crêtes non loin de la clinique. Puis en rentrant dans ma chambre, en sortant les affaires de mes poches, mince, plus de stylo. Un trou au fond de ma poche me montre que je l'ai perdu.
Alors j'ai refait le chemin à l'envers, sereinement, attentif mais sans me fixer. Je me disais qu'il avait dû tomber lorsque j'avais secoué ma veste avant de repartir. Mais quand même je restais attentif au chemin que j'avais parcouru. Une voiture aurait pu l'écraser ou le projeter hors du chemin. J'aurais pu le perdre en marchant dans ces bourbiers dégoûtants où il se serait enfoncé. Ou pire il aurait sombré dans une de ces mares saumâtres, disparaissant à ma vue.
Arrivé sur la crête finalement je l'ai vu, non loin de là où je m'étais remis en route. Il était là, posé à terre, il n'avait pas été déplacé par quoi que ce soit. Je l'ai ramassé délicatement sur ce chemin boueux pour ne pas risquer de le salir. Je l'ai regardé, il était à peine souillé d'avoir été posé là. Je l'ai essuyé ça n'a même pas laissé de traces visibles sur mon jean. Je l'ai mis dans ma poche (une autre poche dont j'étais sûr) et je l'ai ramené avec moi.
Nous écrivons ensemble cette petite histoire, heureux de s'être retrouvé finalement aussi facilement, simplement. Nous sommes bien ensemble, nous formons un beau couple.
Je ne dirai pas que ce stylo c'est elle car elle s'appartient et il ne m'appartient pas de parler d'elle. Plus simplement et si on veut

allégoriser, je dirai que ce stylo est mon amour et que je l'ai retrouvé là où je l'avais abandonné, passant par des étapes bien tortueuses pour le retrouver, finalement tout simplement, prêt à écrire pour moi, pour elle, pour la vie que je veux apprendre à respecter.

Pardon pour ces élans d'enthousiasme mais je profite pleinement de ce moment de répit. Demain est un autre jour et quoique j'y inscrive, j'ai retrouvé mon stylo, je n'ai plus peur.

18h

Je chie mes humeurs. Je produis encore des excréments. Par mon anus et mon pénis, j'observe et je vois. Mes étrons montrent par une extrémité presque noire la difficulté que j'éprouve encore à extirper certaines contrariétés que je me fais subir. Ma pisse sent l'huitre (les médocs sûrement) et coule sans énergie. Je vais révolutionner le monde des diseurs de bonne aventure !

Pourquoi me suis-je autant fait de mal ! Malgré l'aide du psy je vois que je n'y vois rien encore. Mais il m'aide, je le sens, car il fait des remarques que je ne peux accepter mais que j'entends et qui me donne envie de m'en servir. Je suis presque heureux ce soir, les pensées agressives passent au loin comme les caravanes. Je les entends à peine et dès que je tends l'oreille, il est trop tard, elles sont passées. Je m'aperçois qu'en moi, je les cherche, une espèce de réflexe maso veut les amplifier. Pourtant ça ne prend pas, pas aujourd'hui. Je vois bien que le vide que je cherche à combler est ailleurs. Il est trop tôt, il faut attendre et recevoir chaque jour comme une nouvelle leçon qui m'aidera à passer ce cap dont tout le monde parle mais que personne connait vraiment. C'est parce qu'il est unique et personnel. C'est bien cette con de traversée dont m'a parlé

Sergei et que chacun fait seul. Ceux avec qui on continuera à vivre ne peuvent que t'attendre de l'autre côté, avec bienveillance mais ne sachant où tu te trouves.

J'arrive les gars, doucement mais sûrement, j'arrive et je vous aime.

22h45

Je repense à ce que me dit le psychologue :

« … la vie ce n'est pas magique, dans la réalité il n'y a pas le côté magique (mais j'ai peut-être mal compris)… tout ne se résout pas dans l'action… (là je commence à être d'accord, si j'ai bien compris…) ».

Mais j'ai l'âme celte, je le sens, c'est en moi. Je vois le ciel rouge et les champs bleus, je porte en moi la douleur du monde mais j'ai aussi le bonheur de voir en la Lune une amie chère et tendre. Je crois que les mots officiels distillent beaucoup de mensonges et fertilisent les vides de nos vies ordinaires de beaucoup de maux officieux. Je suis un faux poète mais un vrai fou, ou l'inverse. Je comprends que je suis et je porte plein de contradictions. Mais je veux avancer sur mon chemin. Je sais que mille vies ne suffiraient pas à me permettre de réaliser tous mes rêves. Quand je suis sincèrement triste je suis heureux d'être simplement ça. Aujourd'hui, comme le chante Lavilliers, je veux être un guerrier joyeux qui n'aime plus les guerres. Je veux me retrouver et accepter ce que je suis pour que mes chants et mes danses se partagent et s'offrent aux autres gratuitement. Je veux être libre et que ceux qui dansent avec moi le soient aussi, ainsi que ceux qui ne dansent pas et ne chantent pas avec moi. Les bulldozers ne voient pas les korrigans danser sous la lune rouge mais tout trouve sa place en ce monde. Si tout ce que chacun juge inacceptable pour lui en ce monde n'existait pas, alors le monde n'existerait probablement pas.

Oui je crois en la magie et je calcule beaucoup pourtant. Mais tout est en moi et je reviens doucement au pays. Je me remets en ordre de marche sans violence, j'offre mes colères aux fleurs du chemin et mes peurs aux arbres. Je vide mon sac au milieu de nulle part et la terre s'en servira pour faire pousser mon arbre, celui sous lequel je m'assoupirai, nu, le chagrin au bord des lèvres et des larmes de joie au bord des yeux ; Avant de repartir vers mes compagnons de route, ceux qui dansent et qui chantent sans honte et crois dans cette magie, celle du cœur, celle qui fait voir le beau dans le laid et les pierres qui parlent à la mer.

J'ai des projets d'avenir mais pas encore d'avenir, mon travail ici n'est pas fini mais maintenant j'en ai soif. Je ne veux plus retourner dans ma cellule, l'enfant est né et le héros calmé.

Samedi 17 janvier 2009

10h50

J'avais peur de me réveiller ce matin. Après la rémission d'hier, je craignais d'être assailli par mes mauvaises pensées.
Finalement, ça se passe bien. J'ai en moi des interrogations, mais c'est calme. J'ai sollicité Sophie pour qu'elle m'accorde 10mn car son absence de signe vers moi me bloquait. Est-ce par colère, reproches, peur de retomber dans le passé ou simplement indifférence ?
Elle m'a rappelé aussitôt et m'a accordé bien plus que ce que j'attendais. ¾ d'heure d'une conversation apaisante. Elle m'a judicieusement rappelé que nous nous étions déjà séparés et que ma dépression est apparue après, comme une conséquence. Nous avons aussi conjointement évoqué notre désir de construire cette séparation avec l'aide d'un thérapeute quand je serai sorti de cette crise. Parallèlement à ma propre thérapie qui pour moi aujourd'hui me semble essentielle et se poursuivra plus sereinement au-delà de la crise actuelle. Nous nous sommes quitté sur des Mercis et pour moi aujourd'hui c'était nécessaire pour poursuivre mon chemin. Sans avoir de prétexte à ne pas avancer, à ne pas faire mon travail qui me semble bien difficile et douloureux. Cela me permet de me réapproprier ma vie, mes choix, ma crise et le reste.
Encore merci, je vois de l'espoir pour notre avenir, pour moi.

16h50

J'ai eu la visite de Mikaël, mon 2e fils, de 13h15 à 16h. *Il m'avait sollicité il y a quelques jours pour me parler, pour obtenir des réponses par rapport à mon internement. En effet, il n'était pas présent lors de mon départ et quand il est rentré à la maison il a découvert la situation et n'a pu ou su obtenir de sa mère d'explication satisfaisante quand au contexte de ce changement.*

Visiblement tout s'est bien passé, je crois avoir réussi à m'exprimer et à le laisser s'exprimer sans « en rajouter ». Peu après être reparti il m'a envoyé ce texto auquel j'ai répondu. Voici l'échange :

—   Même si je te l'ai pas dit en face, ça m'a vraiment fais plaisir de te voir et de parler. Je te souhaite bonne continuation et espère que tu arriveras à devenir le guerrier joyeux qui n'aime plus la guerre et qui danse… Biz a +.

—   Merci mon chéri, il est des mots qui se passent d'être « dit en face » car ils apportent du bien-être quoiqu'il arrive. Merci. Je t'embrasse, à bientôt.

C'est vraiment un bonheur pour moi. J'ai le sentiment d'être en vacances, rien à faire si ce n'est de profiter du moment présent. Des vacances studieuses certes, mais qui m'apportent beaucoup de choses nourrissantes.

Après avoir parlé avec Mikaël j'ai encore mieux réalisé à quel point ce qui se passe ici me concerne et ne concerne que moi. Pourtant je n'ai ressenti aucune agression quand il m'a expliqué à sa manière qu'il ne pouvait ressentir ce que je vivais car lui vit différemment, à l'extérieur. Auquel cas je lui ai dit qu'heureusement pour lui il n'était pas en dépression et que je ne lui souhaitai pas, même pour voir ! Mais c'est rassurant quelque part de pouvoir être heureux d'être ensemble malgré ces différences de perception.

Je viens de fumer ma dernière cigarette. J'y pense depuis

quelques jours. J'avais fumé de 14 à 28 ans. J'ai repris il y a 3 mois puis racheté des cigarettes et refumé régulièrement depuis 2 mois je pense. Pour moi c'était vraiment un dérivatif puissant à mon mal-être dans la séparation.

Étant ici et étant donné la manière dont j'essaye de me laisser vivre au fur et à mesure les événements, je n'ai pas décidé d'arrêter de fumer. Mais je n'ai plus de cigarettes et ne souhaite pas en acheter, fumer me fait du mal, je le sens dans mon corps et je n'y prends quasiment aucun plaisir.

Mais je ne veux rien forcer, alors depuis quelques jours je pense à ma dernière cigarette. Ce n'était même pas un grand événement auquel j'ai accordé une attention particulière, c'était juste une cigarette. Je n'ai pas arrêté de fumer j'ai juste plus de cigarettes et je n'ai pas envie d'y investir ou de m'y investir plus que ça. Du coup si on m'en offre une de bon cœur je l'accepterai avec plaisir. Et comme par hasard, ce midi une pensionnaire avec qui je n'ai pas échangé plus qu'avec les autres (c'est à dire rien, sauf des politesses d'usage quand on est obligés de se croiser, ce qui arrive rarement) est venu s'assoir au soleil et donc sur le même banc que moi (j'aime profiter de la chaleur du soleil sur mes paupières fermées) et m'a spontanément offert une cigarette. J'ai commencé par refuser mais visiblement décidée à me l'offrir, je l'ai acceptée. J'aime la vie pour ces rémanences étranges qui me font croire en la magie, celle des petits lutins.

Maintenant que j'ai fumé ma dernière cigarette, peut-être plus personne ne m'en offrira mais ça c'est aussi le plaisir de la vie, la surprise du lendemain, on ne sait rien, la vie se conjugue au présent.

18h20

Je viens de relire « La lettre à Sophie » datée du 22/12/08 :

Tu devrais être rassuré car la vie que tu mènes me montre à quel point je n'aurais pas pu vivre avec toi. Ce n'est pas parce que tu "dois" t'absenter 4 jours par mois mais bien parce que tu "travailles" tout le temps. Même ton couple est un travail qui doit rentrer dans ton organisation au risque d'être considéré comme un obstacle à éliminer au bénéfice de ta vision de ce qui est juste. En effet, tu bosses la journée, tu bosses quasi tous les soirs et parfois sans compter, pourvu que tu satisfasses tes propres impératifs. Tu peux me rétorquer que tu as fait des efforts pour t'adapter à la vie à 2 mais en le gérant comme un travail tu as occulté l'aspect naturel et spontané de l'amour, ça n'a jamais été sans conditions (même inconsciente). Inverse les rôles ; si j'avais été une femme et toi un homme, j'aurais très vite cherché ma satisfaction ailleurs, ces attentions et cette présence qui m'aurait manqué de toi. Et puis l'ennui aussi, je t'aurais trompé par ennui, j'aurais multiplié les aventures sachant que j'étais en sécurité dans mon couple officiel tant que je te donnai l'impression d'accepter la situation. Jusqu'au jour où j'aurais trouvé celui qui me semble être le bon et ce jour là je serais parti sans état d'âme et sans considération car il y aurait longtemps que tu ne représenterai rien de plus qu'une voiture ou une maison bien pratique mais comme un objet du décor dont on se sépare sans un regard quand on n'a plus la place. J'ai souffert brutalement et profondément de tes façons de me présenter les choses comme inéluctables et primordiales pour toi, ce manque d'amour m'a rongé le cœur bien plus définitivement que je n'aurais voulu. Bien sûr tu seras toujours intimement persuadé que ta façon d'aimer est suffisante et que j'aurai dû l'accepter... "Par amour" de toi... Ça paraît si simple... Mais voilà, aujourd'hui j'en crève de désespoir et tu n'y peux rien car en vérité tu n'est ni coupable ni responsable (et je suis sincère) car tu as voulu bien faire et tu t'es attelé à me satisfaire, mais comme tu t'attelles à ton

travail et tes projets aujourd'hui, et je n'étais qu'un homme, un être vivant, et je ne suis pas issu de toi, je ne t'appartiens pas (contrairement à tes projets), je ne peux donc rentrer dans ce cadre. Voilà pourquoi je parle de spontanéité et de naturel en amour, ça ne se gère pas, ça se vit et chaque jour est nouveau et comporte le risque d'une imperfection, d'un conflit, mais aussi d'un bonheur immense et sans cesse renouvelable. Le fait est que ta vie aujourd'hui est ta vie, elle est comme ta liberté, pas nouvelle juste au grand jour et même refoulée, c ce qu'elle a toujours été. Et il n'y a pas la place pour quelqu'un comme moi. Trop tard, quel dommage... Et c'est ce que je paye aujourd'hui avec les intérêts sur vingt ans. Tu n'es ni coupable ni responsable et voilà pourquoi je reste persuadé de la justesse et de la valeur de NOTRE projet de séparation, reste à savoir si nous aurons suffisamment d'amour et de reconnaissance, de respect et de courage pour le mener à bien ; moi en tout cas je t'ai révélé mes faiblesses et mes limites, sans aucune fierté et si je lâche en route, crois moi, ce ne sera pas pour te punir de quoi que ce soit, simplement parce que je suis pas assez fort, mais tu n'y est pour rien. Je ne suis pas une menace, quand bien même je te haïrai, ça ne remettrai pas en cause notre démarche, ce serai le pendant de l'amour que je ne pourrai plus assumer. Et si le monde devenait à ce point étouffant pour moi, donc mortel, je m'active aujourd'hui dans des démarches de sauvegarde avec Claude et je lui fais confiance pour ça. Je vais mal et j'avais besoin de sortir ça, mais je t'aime et j'ai besoin d'aimer et d'être aimé en retour. Je sais que toi et moi c mars et venus, arrête de me craindre car je ne t'atteindrai jamais, l'ordre cosmique en a ainsi décidé et je ne suis rien.
À Dieu (qui devrait regarder plus souvent par dessus mon épaule).

Je vois à quel point on ne se comprend pas. On ne s'est probablement jamais compris, fabriquant chacun peu à peu une montagne de compromis. Pour moi cette lettre est claire et compréhensible. Quid ? J'espère que la thérapie de couple lui permettra d'y répondre et me permettra de comprendre, avec l'aide du psy, sa réponse aussi clairement que je me comprends.

Quelles questions sur moi cela amène ?

Simplifions, Sophie et moi on est pas fait pour s'entendre, incompatibilité de caractère et d'humeur, divergence d'intérêt etc. Bon. Mais pourquoi 20 ans et 4 enfants ? Quel instinct morbide nous a poussé l'un vers l'autre ? Bon, simplifions encore, on s'aime, on s'installe, on fait 4 gosses, puis on change, on s'aperçoit qu'on veut vivre autre chose et on se sépare, fin de l'histoire.

Alors revenons à moi et laissons la tranquille, pourquoi suis-je ici ? Pourquoi tant de gens m'aiment et m'apprécient quand je ne suis que moi (avec toutes mes contradictions, doutes et croyances) et pourquoi alors ne m'aimais-je pas ? Qu'est ce qui me rend insatisfait ? Qu'est ce qui me pousse sans arrêt de l'intérieur à chercher autre chose d'inaccessible ? Bon sang, que dois-je travailler pour devenir positif et satisfait même si je cherche l'impossible ?

Bon, essayons autre chose. Le fait est que nos 20 ans de vie commune ont existé. Qu'ils nous restent à tous deux des choses à éclaircir et à régler pour passer à une autre étape de nos vies et je pense que notre souhait à tous les deux est que ça se passe d'une manière positive d'où la thérapie de couple.

Moi maintenant, qui suis-je : un homme de 42 ans, plutôt intelligent (les autres le disent), ayant du charme et une beauté apparente (même elle le dit), traversant une dépression sévère (Garcia l'a dit), s'accrochant au travail à faire d'une manière intéressante, impressionnante, intelligente (l'entourage médical le dit). Mes valeurs fondamentales sont l'amour, la moto et la danse (dans son aspect expression corporelle et rythmique).

Carnet de route improbable
d'une renaissance inespérée

Qu'est-ce que je veux : sortir de la dépression, régler ma séparation (ce qui implique la possibilité de devenir père au foyer pour Saul et Rohanne), travailler la moto et le projet que j'y relie (implique l'arrivée de fond important dépendant de la vente effective de la maison de St Cloud), m'offrir la liberté de danser quand je veux, à la maison, avec mes gosses, avec mes amis, en sortant, en m'amusant (implique d'élargir la cercle d'amis en accord avec ma vie, ne se commande pas). Aimer et être aimé tout le temps (probablement à l'aide de mes amis au début puis éventuellement avec une âme sœur si ça se présente, ne se commande pas et ne jamais s'enfermer à nouveau, être exigeant avant et pas après, donc être clair et sûr de soi dans ses attentes et ne pas accepter de « on verra » ou « peut-être », ce qui n'enlève rien à la liberté du changement mais si il se produit il sera probablement plus clair et sûr également).

Maintenant la question est : avec ce que je suis et ce que je veux, quels moyens pour y arriver ? Psy, Au Secours !!!
La nuit porte conseil et demain c'est dimanche, que du bon ! Je suis épuisé, je n'y vois toujours rien, mais je ne me sens pas mal. Mektub.

Journal de mon internement
volontaire en clinique psychiatrique

Dimanche 18 janvier 2009

9h10

Cette nuit a été perturbée par des bruits extérieurs et par la difficile réadaptation de mes tripes au processus de digestion. Résultat je suis pas en super forme morale. Mais j'ai plus de questions que d'agressions ou de peurs.

Un phénomène étrange, j'ai l'impression que plus je me déculpabilise en remettant les choses à leurs places, plus je lui en veux. Comment gérer ce transfert sans retomber dans les reproches ou les conflits ? Je veux vraiment trouver la paix et je favorise les visions positives, ça marche pas mal mais je sens bien qu'il y a encore une mécanique qui m'échappe.

Hier soir j'ai oublié dans mes projets l'éventualité de faire un livre avec ce journal. Il faudra au moins 6 mois de boulot pour le finaliser. Je me disais aussi que quitte à être décalé je devrais peut-être vraiment me lâcher et écrire des chansons. Mais je ne suis ni musicien ni chanteur, tout me semble inaccessible aujourd'hui et l'accessible ne me touche pas du tout. Bref je suis probablement à l'épicentre de la crise, tout est calme mais gare ! Autour c'est la furie déchainé !

Parmi les images qui me font plaisir il y a celle où j'ai des amis à la maison pour une raclette party, avec les petits qui s'amusent, où tout le monde semble heureux et serein, pas ces soirées bruyantes où tout le monde semble vouloir faire plus de bruit que l'autre pour échapper à la solitude, une vraie soirée d'amitiés fortes et profondes, de compréhension et de partage.

Il y a aussi l'image où je mets la musique à fond et où je me déchaine sur la musique, celle où je le fais avec les petits, celle où j'accompagne la musique à la caisse claire et où de nouveaux amis sont pris et dansent (les anciens ne savent pas danser).

15h15

Ben après une longue promenade ce matin où je me suis parlé à haute voix pendant presque 1 heure en essayant sincèrement d'avancer sur l'aspect thérapeutique, c'est Waterloo morne plaine. Je me ronge encore, c'est moins violent, moins ciblé, mais c'est là.

Je n'ai pas encore parlé de Max. Max c'est le voisin de chambre avec lequel j'ai été pendant les 3 premiers jours ici faute d'avoir une chambre particulière. On a pas échangé 1 mot pendant ce temps, moi étant la plupart du temps prostré et lui passant de temps en temps pour se coucher. Je voyais sur sa table un petit livre de Paulo Coelho « Le Manuel du Guerrier de la Lumière ». Bof. Puis le dernier jour je lui demande si je peux l'emprunter. Il me dit : « vous rigolez, on est dans la même chambre, tout ce qui est là est à vous ». Waoh, quelle drôle d'impression soudain qu'au fond du gouffre il y ait encore ce genre de rencontre. J'ai lu le livre, il m'a percé à jour, j'ai pleuré profondément sur certaines pages. Impressionnant.

Depuis, avec Max on échange pas beaucoup plus, mais ça va bien entre nous. Une fois il m'a dit à peu près ceci : « on est pas resté longtemps voisin mais vous êtes un type bien, vraiment je vous trouve hyper bien ! ». Un autre jour il m'a demandé de quoi parlait ce livre en m'expliquant qu'il ne pouvait plus lire. A 56 ans il en fait 75, à 80% cotorep il va de maison de retraite en clinique psy depuis plus de 15 ans après avoir plongé pour des problèmes d'alcoolisme. Il souffre de plusieurs névroses incurables et vit dans la dépression en permanence. Le seul livre qui l'ai vraiment marqué est la Bible en version longue.

Quelques jours plus tard, suffisamment émergé de ma propre crise je lui ai proposé de lui lire le livre à l'occasion, quand il veut et à sa convenance, j'avais envie de me rendre disponible à ça pour lui. Deux jours plus tard il m'aborde pour me dire qu'il avait été profondément touché par mon offre avec des mots et une expression qui ne trompe pas sur sa sensibilité. De temps en temps il m'emprunte 70cts pour 1 café quand il est en panne. Il me les rend toujours. Nous sommes en confiance tous les deux. On s'est croisés sur un banc tout à l'heure, on a eu une sacré conversation le temps qu'il m'offre deux clopes. On a au moins fait 4 phrases chacun. J'aime bien Max. Il m'avait expliqué finalement que le bouquin n'était même pas à lui, qu'il était là quand il est arrivé. De là à dire qu'il m'attendait, comme mon stylo…

Une infirmière encore un peu dépressive après une séparation tonitruante à 53 ans lui a emprunté sur mon conseil. Elle m'a dit que c'était vachement philosophique et sûrement très dur à mettre en pratique. Je n'y ai vu que du feu. Moi j'ai juste lu une description d'un état par rapport au monde sous forme allégorique dans lequel je me suis suffisamment reconnu. Je vais essayer de le récupérer pour le relire maintenant. Max ne l'a plus dans sa chambre, il ne m'a jamais demandé de lui lire…

19h10

Claude m'a rendu visite, ça m'a fait du bien. Il a également complété les informations vis à vis de ce qui me bloque dans ce que je perçois de l'attitude de Sophie vis à vis de moi maintenant.

Ça me confirme dans mon désir de sortir le noyau dur de ma

dépression et de passer dans une paix retrouvée à la thérapie du « Nous ». Il m'a aussi apporté une piste de réflexion vis à vis de la suite présumée de ma vie hors d'ici. Bref, encore du boulot, mais j'ai tellement envie d'être en paix !

Journal de mon internement
volontaire en clinique psychiatrique

Lundi 19 janvier 2009

Après une nuit agitée et pour cause. J'ai regardé « les Ch'tis » hier soir et une fringale m'a pris où j'ai bouffé comme un chancre. Ce matin pourtant, je me sens bien, j'ai trainé au lit, j'ai les idées claires (le peu que j'ai) et une espèce de fermeté que je n'avais pas avant. Comme une espèce d'assurance, mais je n'en ai pas encore besoin car je n'ai pas fini le travail et pour l'instant rien ne m'agresse. Par contre je tourne dans ma tête la possibilité de vivre avec les 2 petits tout en partant 3 mois aux Marquises, puis en Bretagne 1 semaine, puis, puis, puis… En même temps si je ne les ais pas, pourquoi irais-je ? C'est un peu comme la chanson d'Henri Salvador.

Bref, laissons mûrir.

11h55

J'ai été voir les livres en bibliothèque. Mais en parcourant les titres de ces œuvres disparates, j'ai senti à quel point j'étais encore hyper fragile. Je n'en ai pris aucun, ça me fait peur de replonger dans des récits qui me bousculeraient, même Harlequin…
Il faut que j'en parle au psychologue de cette sensation de fragilité face aux émanations du monde extérieur. Aurais-je fabriqué un vernis qui me protège ici ? Dans ce cas comment puis-je avancer dans le travail ?
Étonnant, à observer.
À moins que d'un vernis ce soit la nécessité de tout déblayer qui m'empêche de me laisser imprégner de nouveau par autre chose que le vide que je sens en moi.

Sam m'a répondu ce matin et ça crée un étrange écho à ce que je vis. Sam est une motarde inconnue qui m'a envoyé un mail d'encouragement suite à mon post sur le forum du « Repaire des Motards » d'avant la crise *(voir le détail en annexes)*.

Plus que de rester ici où je me sens quand même limité dans mes possibilités d'expressions, plus que de me plonger dans le tumulte des villes pour m'oublier, je me vois bien dans une chambre d'une pension de famille sur la côte bretonne d'où je pourrai sortir et manger quand je veux, où je pourrai aller chercher en moi tout ce qu'il me reste à écrire, où je pourrai préparer la suite de ma vie, laissant au temps le temps. Et si il me plait d'errer la nuit face aux vagues et si il me plait de me réfugier dans un sommeil de 3 jours et 3 nuits, et si je me trouvais là où je ne me cherche pas, simplement là où je me suis laissé, comme mon stylo.

13h35

Pour la cigarette, c'est pas encore gagné. J'ai finalement acheté un paquet à Max. Des brunes pas très bonnes. J'ai rangé le paquet avec les bonbons dans l'armoire. J'en avais pris 2 pour fumer avec le café, j'en ai remis une dans le paquet, ça ne me procure aucun plaisir. C'est marrant cette façon que j'ai de m'organiser avec mes manques. Je vais essayer de me sevrer, comme pour les médocs, sans me forcer mais en ne me facilitant pas la tâche. Au moins avec ces clopes je ne gérerai que le manque. Je verrai bien ce que ça donne. Chacun s'organise, Max me l'a vendu 3 euros en me disant qu'il m'avait fait le prix espagnol alors qu'hier en m'en offrant 1 il m'avait dit que ça coûtait 2 euros. Je n'ai rien dit, chacun s'organise comme il le sent, de toute façon ce n'est pas le prix qui

30

compte, c'est le processus, j'étais en demande, je prends ma part et lui la sienne, c'est la vie, je trouve tout ça plutôt marrant. Moi je vois que la cigarette me manque par moment, même si je n'en ai pas envie et que je sais que ça me fait pas du bien. Alors j'arrête puis je craque mais je rends la situation plus difficile pour moi pour arriver à m'en passer sans douleurs immédiates. Qu'en pense l'analyste ? Il y a sûrement d'autres chemins, les trouverais-je ? Est-ce si important ? Est-ce que je me sens bien avec ça ? J'aimerais être à Douarnenez pour y réfléchir, hé hé. Je vais aller marcher, ça, ça peut pas me faire de mal.

15h

Je suis donc allé marcher. J'ai chanté tout le long, sur la fin j'ai même joué des instruments au bout de mes mains, j'ai échangé 3 pas de danse avec le vent. Mon Dieu qu'est-ce qui m'arrive ? C'est limite « La Mélodie du Bonheur » ! En tous cas c'est bon. J'ai aussi repensé à ce que je suis et à quoi je sers. Je suis un gai compagnon de route, je sais faire à manger, j'aime écrire des chansons, je joue des percussions, dans une aventure je mets du cœur à l'ouvrage à défaut de technique et j'apprends vite, j'ai du courage et de l'abnégation et j'aime laisser mon esprit vagabonder et me mettre à rêver quand je suis de quart.
J'ai scié la branche sur laquelle j'étais assis, maintenant je suis l'arbre à grandir et dans mes branches il y a l'amour, la moto et la danse et aussi cette fichue idée de partir quelque part écrire mon bouquin. Lors de mes promenades lorsque je vois toutes ces maisons en construction, toutes ces voitures luisantes près du garage, tous ces rêves qui ne sont pas les miens, mon Dieu comme j'ai envie d'être dans un port, prêt à partir si un bateau s'offre à moi.

Carnet de route improbable
d'une renaissance inespérée

Partir, revenir, puis repartir encore et revenir toujours. Et pendant tout ces temps, vivre, faire, partager, s'offrir et prendre pour donner encore et faire et vivre, vivre, vivre ! Mon amour est là, il est toujours avec moi, libre de m'accompagner, libre de rester, libre de m'aimer mais surtout il est loin de ces petites maisons cossues, de ces voitures brillantes et de ces rêves préfabriqués par notre société.

Mardi 20 janvier 2009

Ça va. Toujours du mal à émerger le matin, l'environnement m'empêche de m'endormir de bonne heure le soir (parlottes dans les couloirs, distribution des médocs trop tard) et me réveille trop tôt le matin. J'ai de plus en plus envie de trouver un lieu plus adapté à ce que j'ai envie de vivre maintenant. Comment tout conjuguer ? Guérison, suivi psy et vie perso ? On verra. J'ai eu kiné aussi ce matin. Sympa mais on sent bien que tout est « cheap » ici, la loi de la rentabilité s'impose aussi ici. Enfin, au moins ils sont pas chiants. Mais je comprends que pour avoir le choix de qualité personnalisé il faut des moyens, ou partir loin (donc des moyens). Je pense que cette contrainte que je me crée par rapport aux moyens sera une des plus dure à lâcher. D'ailleurs elle est une des plus trans-générationnelle, que ce soit du côté de ma mère ou mon père et avant. À travailler.

11h45

Je me sens quand même super fatigué aujourd'hui. Je focalise vraiment beaucoup sur mon envie de me mettre au calme sur la côte bretonne pour me donner le temps de sortir par l'écriture ce que je pense pouvoir devenir un livre éditable. Prendre le temps de m'observer et de poser mes valises pour pouvoir repartir désencombré.

15h30

J'ai envoyé un texto à Sophie vers 13h pour lui transmettre une information pratique que j'avais reçu sur mon portable. Elle a finalement répondu « OK merci » respectant en cela le contrat de politesse réciproque que je lui avait demandé il y a une semaine.

« Lors de notre conversation du 17, je lui avais demandé d'être au minimum polie. Depuis le début de mon internement elle n'avait donné aucun signe de vie. Un jour de gros temps et de neige je m'étais inquiété d'elle qui devait faire un déplacement avec notre voiture pourrie, elle avait répondu « pas de souci »… Du coup je lui ai expliqué que j'avais besoin que nos échanges soient cordiaux à défaut d'être attentionnés. Accuser réception par une formule de politesse, et si besoin, mettre un sujet, un verbe et la ponctuation me semblait moins sujet à faire mal gratuitement surtout si elle n'en avait pas l'intention. »

J'étais presque amusé. Ce qui m'intéresse ici c'est plutôt ce que ça génère en moi. J'ai cette réflexion : du peu de ce que je peux percevoir d'elle (et c'est vraiment très peu), j'ai le sentiment qu'elle n'a pas beaucoup d'amour encore pour moi si toutefois elle en a. Moi je sens en moi beaucoup d'amour pour elle. Pourtant, je m'aperçois qu'à l'instar de mes souffrances passées et des pensées qui m'habitent vis-à-vis d'elle, je sens que cet amour m'appartient, je le porte en moi. Du coup je me sens bien avec ça, mon amour ne dépend plus d'elle, il est en moi vers elle mais il reste en moi aussi et me fait du bien. Intéressant phénomène qui me donne un avant-goût d'une liberté à venir. J'aime bien.

16h30

J'ai vu le psychologue. Je lui ai raconté un peu l'histoire familiale et on a terminé l'entretien sur l'idée que les hommes de ma lignée se perdent et que les femmes, bon gré mal gré, assument la pérennité et la transmission de la famille un peu comme une croisade.

« Du côté de ma mère, mon grand-père a quitté ma grand-mère et a

disparu de la circulation avant ma naissance, ma grand-mère était une femme sévère et rigide que je craignais, même si au fond elle a été là pour nous recevoir et s'occuper de nous pendant les grandes vacances pendant des années. Bien plus tard, ma mère a retrouvé son père par des liens croisés avec sa sœur et une de ses belle-sœur. Il s'était remarié et avait refait des filles. Trois mois après les retrouvailles de tout ce petit monde il s'est suicidé. Ma grand-mère était morte quelques années plus tôt. Du côté de mon père, mon grand-père est mort à 74 ans d'avoir « perdu la tête », c'est comme ça qu'on disait à l'époque. Il disparaissait régulièrement et était retrouvé par les gendarmes, errant dans la forêt à des kilomètres de la maison. Interné dans un hôpital spécialisé, quand ma grand-mère allait le visiter, il lui disait bonjour madame sans la reconnaître. Mon père a toujours supposé qu'il faisait exprès pour emmerder ma grand-mère, il aurait fait un mariage plus d'intérêt qu'autre chose… Mes grands-mères sont toujours restées seules, sans hommes et ont bombé le torse. Ma mère est resté avec mon père même si nous sentions mon frère et moi qu'il y a avait une forme de devoir dans leur couple. Ils ne s'engueulaient jamais franchement mais la tension était bien souvent là. Ils ont peut-être tenté d'exorciser le passé en tenant coûte que coûte, ma mère a quand même eu le sentiment d'exister pour elle qu'après la mort de mon père. »

Il m'a dit que les croisades avaient pour but de protéger le tombeau du Christ. Je lui ai dit que moi j'avais plutôt envie d'aller en promenade et de me préserver moi. Je ne me sens pas en accord avec cette idée de protéger un tombeau. Les tombeaux sont pour les morts et je ne vois pas ce qu'il y a à protéger. Même sous son aspect symbolique ! Un symbole a encore moins besoin de protection rapproché puisque de mort physique à un endroit donné il devient intemporel et in-géo-positionnable (un meilleur mot doit exister). Si on s'attache à un symbole ou si on projette ses croyances sur un symbole, on peut-être n'importe où et n'importe quand, c'est ça l'avantage de se référer à un symbole, non ? Non ?

Par rapport à l'histoire de mes ancêtres il me semble important de mener à bien notre séparation sans que je disparaisse (elle je ne sais pas ce qu'elle « trimballe »). Du coup l'idée de vivre avec les 2 petits me semble importante et intéressante. Mais je dois m'accorder le temps et l'espace nécessaire pour finir ce que j'ai entamé ici et préparer l'avenir. Ensemble ou séparément mais libre de l'être, pas par trimballage, reproduction ou croisadisme ! D'un désaccord faisons un accord, du chaos créons l'harmonie, youpi !

21h30

J'ai trop bouffé, j'ai trop fumé, je me disperse.
D'avoir les enfants tout les soirs au téléphone, de regarder les DVD où les autres parlent d'eux (Lavilliers, Noir Désir, I Muvrini) et de leur vision du monde. Du coup je me bourre de cochonneries, je n'arrive pas à me gérer. Je ne dois pas oublier pourquoi je suis là, je suis sous antidépresseur et j'en ai probablement pour quelques mois de cachetons. Trop d'euphorie passagère et je m'oublie à nouveau, trop facile ! Je vois bien la réelle avancée que j'ai faite par rapport à la liaison que j'établissais entre ma rupture et ma dépression, mais il est important que je reste humble et à l'écoute de moi. Je ne me sens pas bien avec ces excès de ce soir et le travail sur moi qui me tient à cœur maintenant. Je vois encore plus l'importance de continuer ce chemin et surtout de préserver l'aspect personnel et la nécessité de la convalescence dans une certaine forme d'isolement. Il faut que je maintienne l'idée d'immersion pour ne pas me perdre avant de m'être retrouvé et surtout consolidé. Sois fort comme le dit si bien Sergei.

Bon, c'est pas terrible comme fin de soirée mais au moins j'ai les idées claires et j'arrive à identifier mes ennemis, mes faiblesses face au manque et cette facilité que j'utilise pour dériver. Demain est un jour nouveau mais avec la lucidité de ce que je viens d'écrire.

Je suis en clinique psychiatrique, pas au Club Med, et après je continue dans une grotte ou équivalent, pas à l'Olympia !

Je m'aime, je prends soin de moi, j'accepte d'être aidé et soutenu (par Claude, par les psy) car même si ce travail est le mien je ne peux y arriver seul. Je ne suis pas un héros, je suis un homme.

Mercredi 21 janvier 2009

11h30

C'est pénible en ce moment. Je suis dérangé par l'environnement. Mon rythme actuel fait que je me couche pour dormir vers 21h30 et hier soir encore, de 22h15 à 23h15 des gens parlaient dans le couloir et cela m'a empêché de me reposer. En plus il y a 2 équipes de nuit pour la distribution des cachets. Une est réglée comme du papier à musique et vers 22h ils passent et tout se calme. L'autre passe, comme hier soir, entre 22h45 et parfois 23h30, et en plus ils ont tendance à entretenir les bavardages. Hier soir je leur ai demandé de faire taire. Ils le font sûrement par gentillesse mais on nous fait signer un règlement intérieur qui est en plus placardé à qui mieux-mieux dans les chambres et les placards et qui parle de respect mutuel et qu'à partir de 21h un retour au calme est demandé. Baissé les appareils, ne plus faire couler d'eau, etc. Ce système qui consiste à faire étalage de règles et de beau discours sur le respect de la personne sans que ce soit relayé et conscientisé me gonfle. La plupart des patients ici se comportent comme des gamins qu'on aurait puni. Ils passent la majorité de leurs journées à se plaindre du lieu et des personnes qui les hébergent au frais du contribuable. C'est assommant. Moi j'en redemande ! Je suis ici pour profiter de l'aide que les soignants peuvent me procurer, quelle aubaine ! Mais hier soir franchement j'en étais carrément à me demander si je serai pas mieux ailleurs, avec moins de règlement mais plus de conscience communautaire. Le matin l'activité reprend vers 7h45 et là, moi je suis trop fatigué pour me lever et ce matin j'ai réussi à me sortir du lit qu'à 9h20, du coup je me sens encore en décalage par rapport aux équipes de jour qui ne peuvent faire leur boulot dans ma chambre. C'est pénible quoi.

17h10

J'ai exprimé au psychiatre ma colère frustrée en rapport avec hier soir. Je lui ai dis que ce qui m'énervait le plus c'était de voir avec quelle facilité j'utilise des parasitages extérieures pour me détourner du travail sur moi. Il m'a plutôt bien déculpabilisé en me disant que c'était vachement normal car il y avait une réalité concrète qui justifie ma réaction. Il a d'ailleurs changé l'heure du traitement pour que je ne dépende plus des équipes de nuit. Il m'a aussi rassuré en me redisant que les changements et progrès que j'avais réalisés en 15 jours étaient exceptionnels. Qu'il voyait que j'avais une réelle motivation et que ma démarche volontaire était honorable. Il m'a aussi rappelé que (j'interprète) tout ne se passait pas dans l'introspection et qu'il n'y a pas nécessairement de réponses. C'est aussi en marchant, en faisant d'autres choses que le travail se fait.
Laisser aller, ne pas forcer, laisser venir, s'ouvrir à ce qui se passe, je me l'étais promis, il faut que je tienne parole.
J'ai aussi fait la lecture à Max de quelques pages du « Manuel du Guerrier de la Lumière » cet après-midi. C'est touchant, c'était très émouvant, je sens que cet homme apprécie vraiment les rares moments que nous passons ensemble. J'apprécie cette relation sincère que nous développons ensemble, au doux rythme de la dépression. Je lui ai aussi racheté un paquet de clopes, ça c'est moins drôle, j'en ai pas fini avec la gestion du manque et mes vides intérieurs.

Carnet de route improbable
d'une renaissance inespérée

18h50

Je viens de finir de manger. Visiblement l'appétit est revenu car je mange quasiment tout depuis hier soir. Claude m'a fixé le rendez-vous avec Sophie pour mardi 10h à Couleur Café à Tarbes. Un lieu connu où nous allions régulièrement ensemble. Je m'aperçois que j'ai la trouille. Au point que j'imagine demander au psychiatre d'exceptionnellement autoriser la visite le matin pour que je puisse les recevoir ici. Je réalise que revoir Sophie dans un contexte familier me perturbe. Putain de dépression. Comment se fait-il que des choses aussi anodines puissent représenter tellement pour moi ? D'autant que je me sens toujours OK par rapport aux réflexions de ces derniers jours. Ça promet pour ma sortie, comment vais-je assumer le fait de revoir les enfants ? Sachant qu'en plus aujourd'hui je m'aperçois que j'ai quasiment rien à donner ! J'imagine le décalage du point de vue de Sophie, comment pourrait-elle comprendre ce qui se passe réellement ici, en moi ? Ceci me dédouane aussi de mes propres difficultés par rapport à elle. Mais enfin merde ! Quelle chierie ce truc que je dois combattre à coups de cachetons pendant des mois, mais aussi de thérapie, d'auto-analyse, de mise en quarantaine de ma vie sociale éventuelle, je risque encore de perdre car si une communication correcte n'est pas rétablie avec Sophie avec la thérapie de couple, dans 3 ou 4 mois mes enfants m'auront oublié affectivement, je ne ferais plus partie que de leur imaginaire. Concrètement je n'existerai plus ni pour Sophie, ni pour les enfants. Et la boucle est bouclée, mes ancêtres se frottent les mains, une femme aura de nouveau sauvé l'honneur de la famille en assumant totalement la fuite de l'homme qui se sera perdu par sa faute à lui, yark yark… Quelles conneries tout ça, il faut vraiment que je rende l'entretien avec Sophie fructueux, notre reconnaissance mutuelle est primordiale car, comme le dit Claude, les enfants ont besoin de réponses immédiates, et si ils ont besoin d'un père ils s'en trouveront un quoiqu'il arrive.

NON ! Bon arrête de déconner Valentin. Sophie est une femme charmante qui n'a d'intérêt que dans la reconquête de son existence, comme toi, et dans la résolution de votre avenir commun c'est-à-dire le bien être de tous, chacun à la place qu'il souhaite et le bonheur de Vos enfants, ce ne sont pas des enfants trouvés.

Donc, à l'instar du Guerrier de la Lumière, prépare toi à cet entretien avec tout le bien qui t'habite et si tu penses que le choix du lieu te met en danger non pas par rapport aux autres mais à toi-même, alors sois humble et exprime-le afin de choisir un lieu plus neutre. Fais confiance, les ennemis sont en toi, pas au dehors. Les ennemis sont en moi et le manuel du guerrier de la lumière parle du monde intérieur, pas du monde extérieur ! Réalise, on aurait l'air fin en costard cravate avec une épée ! Regarde « FisherKing »… Ouf, c'était chaud mais ça va.

Jeudi 22 janvier 2009

9h15

J'ai encore rêvé d'elle… Version frères Taloches…
Tout les poncifs y sont passés, toutes mes projections, tous
mes désirs et mes contradictions. Bref ça n'a même pas
perturbé mon réveil dans la mesure où c'est tellement flagrant
que ce n'est pas elle. Que ce sont de pures émanations de mes
propres peurs, fantasmes et interprétations. Ça devient ridicule
et pesant. Quand pourrais-je passer à autre chose ? Même avec
elle d'ailleurs ! Si ça se trouve je découvrirai que c'est une fille
sympa ! hi hi hi. Bon, voyons cette journée entre le kiné, le
chiatre et le chologue, ça va être chargé.

10h

Je cherche de la compagnie. Cette envie de livre, je cherche de
la compagnie. L'envie d'être lu, c'est comme avoir besoin
d'amour, l'idée qu'en m'exprimant je puisse toucher quelqu'un
qui sera intéressé par moi, par me connaître. J'ai été et je suis
encore régulièrement touché, déclenché par certains livres que
j'ai lus. Je me dis que ces auteurs font un peu de chemin avec
moi. J'espère que ces écrits en toucheront certains et ainsi
j'aurai des compagnons de route. Je vois des images de rivages
caressés par la mer, des ciels nocturnes remplis d'étoiles, je
vois aussi des ciels chargés et des montagnes enneigées. Mais
le monde bouge, se secoue et je bouge avec lui, c'est pour ça
que la neige tombe des montagnes, parce qu'elles s'ébrouent.
Courage. Je voudrais continuer mon voyage à partir de là. Je
veux gaver mes yeux des images du monde et emmener avec
moi une belle compagnie, se nourrir du partage. Courage. Que

mon pardon m'apporte la paix, que ma paix m'apporte la force, que ma force apporte la joie, que cette joie soit un grand feu autour duquel nous danserons tous. Courage, la route est là, devant moi à quelques chants encore de mes pas. J'aime, j'aime, j'aime, j'aime l'Amour.

11h30

C'est une journée stressante. Rien ne se passe et tout arrive. Je n'ai plus de monnaie et je ne peux en obtenir avec un chèque car la directrice est absente et elle est seule habilitée à autoriser cette transaction. Demain elle sera absente aussi et le week-end l'administration est fermée. J'aurai aimé m'acheter un magazine mais aucun trajet n'est prévu pour Barbazan. Le kiné est passé mais je n'étais pas dans la chambre et il est reparti. Un de mes clients m'a fait une demande à laquelle je ne peux répondre et en plus cette demande n'est pas justifiée, elle provient de leur méconnaissance du sujet qui doit les préoccuper, et visiblement ils ont affaire à des « pros » qui ne captent rien non plus à leur installation. Du coup ils me sollicitent moi, n'importe quoi.
Je voudrais qu'on me foute la paix et être un peu plus libre de mes faits et gestes. Et il va falloir attendre samedi que Claude vienne. De plus il y a une merde avec la mutuelle et je n'y peux rien et je n'ai pas d'infos de Sophie qui s'en occupe sûrement. La journée va être longue, sans parler de demain. En plus du reste je dois apprendre tout seul « la gestion du stress ». Et merde !

16h15

Quelle journée riche ! Quand j'ai envoyé un texto à Sophie

pour lui demander de me tenir informé à propos de la mutuelle, non seulement elle m'a répondu par texto qu'elle s'en occupai et qu'elle m'informerai. Mais elle m'a téléphoné 3 fois pour me donner l'état d'avancement. À chaque fois des échanges détendus. Quel bien être. Cet après-midi après une longue promenade je me suis assis en attendant l'heure du psychologue. Je me sentais tellement bien, libre d'évoquer l'amour que je porte en moi pour elle. Libre d'évoquer son visage, son doux sourire, l'émotion que me procurent ses cheveux noirs, la douceur de sa voix. Libre aussi d'évoquer nos chemins divergents. Elle et moi avons des chemins forts qu'il nous plaît de parcourir mais ce ne sont pas les mêmes. Je ne peux m'engager à la suivre car ce n'est pas le chemin que je souhaite. Et elle ne peut me suivre dans ma route car cela l'éloignerai de la sienne. Mais je ne vois toujours pas là de motif de désamour. Pour moi, l'amour que je lui porte est en moi et il me fait du bien. De savoir qu'elle existe me donne cette liberté. Et s'il lui plait un jour de venir pour une danse, alors ce sera une danse du bonheur. Et si ce jour n'arrive pas ce sera avec la certitude de notre bonheur respectif et c'est bon. Puis j'ai rencontré le psychologue à qui j'ai demandé le sens et le cadre de nos rencontres et comment on sait qu'une thérapie commence et quand elle s'arrête. Grâce à lui j'ai pu exprimer que ma thérapie est ma vie et qu'elle n'a donc pas de raison de s'arrêter précisément. Que nos rencontres ne font que ponctuer par un dialogue extérieur le cours de ma vie/thérapie. Que nos précédentes rencontres m'avaient déclenché sur les aspects de ce travail que je mène avec moi depuis mon arrivée ici. Que je me sentais bien, heureux sans être euphorique, que je retrouvais un aspect ludique dans ma propre reconquête. Que je voyais aussi que je n'avais rien perdu de moi, que petit à petit je me retrouvais, je m'étais juste

oublié de ci de là (voir la complainte du stylo). Qu'être moi
c'était aussi croire en la magie et que je me sentais bien avec
ça. En somme j'affirme ce que je suis et je suis heureux de
pouvoir le vivre. Après ça je suis resté silencieux à le regarder,
il m'a demandé « quoi » et je n'avais rien à dire spontanément.
Je lui ai dit et juste précisé que le jeu du « je » me plaisait et que
voilà, rien de plus. Alors nous nous sommes quittés, moi sur
un Merci, lui sur Vous faite du chemin, ce à quoi j'ai répondu
Oui. Il ne m'a pas refixé de rendez-vous. Oui je suis sur le
chemin, le mien, celui de l'amour, celui où j'ai envie de
demander à mon psy comment il va, car c'est ce que je suis,
simplement.
Je pense au Dr Hamdane à qui je soumettrai la thérapie de
couple. Je songe que maintenant c'est moi qui saurai quand j'ai
besoin de ponctuer mon travail actuel par une rencontre avec
un « pro ». Je songe que, peut-être, il faudra que j'aille au
devant d'une nouvelle rencontre auprès d'un autre psy avec qui
je pourrai vivre une relation plus en phase avec ce que je suis
pour soumettre à sa sagacité les questions dont je ne pourrai
me défaire seul. De toute façon j'ai besoin des autres, comme
ils ont besoin de moi. N'est-ce pas Claude, n'est-ce pas Max,
n'est-ce pas toi ?
Me laissant entrainer sur le banc par les sons environnants, j'ai
fermé les yeux et quand je les ais ré-ouverts, il faisait plus
sombre à l'extérieur qu'à l'intérieur de mes paupières. Dieu,
merci pour cette richesse, je t'aime.

20h30

Ne croyez pas que ce que je sens an ce moment occulte en
moi les zones d'ombres. J'éprouve de la tristesse en évoquant
notre séparation. Je regrette toujours le fait que je n'aurais plus

la chaleur de sa présence à mes côtés. Une douleur profonde, faible mais bien présente m'habite en réalisant que je ne connaitrai pas et plus le plaisir d'être chéri par elle. Mais je sens en moi cette mécanique qui transforme le mal en bien. Évoquer son doux souvenir, entendre sa voix, la rencontrer avec Claude et plus tard le psy, m'apporte chaleur et bien être. Et quand je l'entends vivre en dehors de moi, plus que les regrets cela me motive pour m'éloigner. Non pas la fuir mais accepter que je ne peux le vivre, ce n'est pas mon chemin. Il se passera encore bien des lunes pour que la lente acceptation me libère de l'aspect douloureux. Il y a encore de nombreux jours de route avant que je me sente la force de la voir dans Sa vie sans moi. Mais toutes ces épreuves passées dans lesquelles j'ai puisé ma folie aujourd'hui je les utilise pour mon bien. Je l'aime et je la chérirai encore longtemps car je garde le bien du passé. Mais je sais aussi que le ciel est rempli d'étoiles et que, Inch'Allah, certaines deviendront des compagnons de route. Je ne me projette plus dans une histoire de couple car l'amour que j'ai en moi pour elle me montre que je ne suis pas prêt. Mais qu'est-ce que l'amour physique face à une « compagnie blanche » de guerriers et guerrières joyeux qui chantent et qui dansent ? J'ai pourtant tout vécu et exprimé par la relation sexuelle avec l'être aimé. Mais aujourd'hui le sexe n'est plus digne d'être vécu pour moi sans amour pour le rendre consistant. Et pour de nombreuses nuits encore mon amour ira vers elle. CQFD.
Je suis heureux de l'issue de cette lutte et je veux la fêter dignement, à l'instar du guerrier de la lumière.
Que Dieu guide mes pas titubants car j'y vais avec mon cœur et mon courage. I Allah.
Je ne subis pas la solitude et l'isolement. Je le choisis pour m'en faire un doux manteau contre le froid qui entoure mon

cœur. Je m'en sers de refuge pour refaire mes forces et pouvoir préparer mes futures marches sous le bienheureux soleil printanier. Je suis un arbre qui pousse à l'ombre d'une grotte et je soumettrai mes fruits au toit du ciel quand l'heure sera venue. Je cherche mes racines au centre de la terre là où le feu se fait l'écho du soleil, la porte de l'univers. Je ne ramperai plus en surface, je suis un homme qui marche debout. Ma tête tournée vers le ciel ne lance aucun défi, j'offre mon sourire de gratitude à Dieu qui m'a encore comblé de ses bienfaits aujourd'hui.

Vendredi 23 janvier 2009

9h10

Depuis 2 jours et 2 nuits un phénomène intéressant se produit. Les miasmes négatifs que je produisaient dans ma projection de Sophie (qu'elle en aime un autre ou même qu'elle s'offre à un autre sans l'aimer pour me remplacer, qu'elle me rejette et que je trouve ça injuste et frustrant, que ça me plonge dans la tristesse et la désolation de l'abandon) ne sont plus présent dans mes journées mais s'installent dans mes rêves. Pourtant l'intensité des rêves ne génère pas de douleur comme celle que je produisais éveillé. De plus il me semble que, les ayants évacués de ma conscience, le seul lieu encore accessible est mon inconscience. Je me dis que ça avance car maintenant que je commence à me réapproprier ma vie consciente je vais commencer de plus en plus à la remplir de mon vécu actuel et à venir sur mon chemin. Et j'imagine que ce vécu finira par évacuer ces miasmes de mon inconscient, faute de place. Car pour moi l'inconscient sert aussi de couveuse, de yaourtière au vécu du quotidien permettant de mûrir certains éléments trop fins pour être analysés dans l'immédiateté.

11h20

Je viens d'aller marcher 1h. Tout en chantant je pensais. En passant la crête, je me suis dit la lutte continue, je lutte. Je cherche à transformer le mal en bien. Je ne sais pas pourquoi je lutte, je ne trouve pas de sens à me faire subir ces images qui me harcèlent. Je doute mais je lutte sans savoir où je vais. Je dis Dieu éclaire moi, mais rien ne vient alors je continue quand même. Je fais confiance. J'ai confiance. La confiance me donne le courage, le courage me donne la force et la force m'apporte la confiance. Je me suis créé un cercle vertueux. La ballade s'est poursuivi sans y penser, vivifiante.

17h

Aujourd'hui c'était une grosse journée d'apprentissage du stress. Après les pensées de ce matin, j'ai eu le banquier qui m'a dit qu'il me rappelait. À 15h toujours rien. Vu l'importance que j'accorde à la réponse qu'il doit me fournir, j'ai rappelé et laissé un message car il ne répondait pas. À 16h15 rebelote. À 16h45 je craque et appelle le standard pour savoir si il était là. Pas disponible. Finalement ils viennent de m'appeler pour me fixer rendez-vous pour la signature mardi à 15h. Du coup j'appelle Claude pour faire le point et voir si cette réponse signifie que tout est OK. Claude roule et ne peut répondre, je ne l'aurais qu'à 18h30… Bref de 11h45 à 17h je me suis mis la pression grave, alternant les phases de stress, de repos forcé pour me calmer en faisant le vide, de fumette dans la cour en priant Dieu de m'éclairer le chemin car quoiqu'il arrive il suit mes pas pour créer le bon chemin pour moi et enfin écrire ces mots. Allah hu Akbar. Putain de moi, je veux guérir, je veux aller jusqu'au bout.

Samedi 24 janvier 2009

12h18

Ce matin je devais partir à 10h avec Claude. C'est un jour de tempête zone rouge. J'étais prêt depuis 9h puisque j'avais prévu de voir le Dr Hamdane avant de partir puisque c'est son retour. À 10h30 aucune nouvelle de personne, la clinique en ébullition avec des consignes de sécurité drastiques. Finalement j'ai eu mon Claude qui s'était pas réveillé faute d'électricité. Il m'a proposé de venir à 17h, moins dangereux et plus de temps. Du coup j'ai pu voir Hamdane qui est arrivé. Je lui ai fais un gros résumé de ma situation. Le courant passe bien. Il veut voir Sophie avant de s'engager à nous suivre en thérapie de couple. Moi ça m'a complètement déstressé. Je vais attendre 17h tranquillement. J'ai rassuré les petits qui m'espéraient ce matin par l'intermédiaire d'Alan. J'ai appris que Sophie était rentrée, le stage annulé à cause de la météo. C'est bien pour les enfants car ils n'ont pas d'électricité, ils stresseront moins. Je tire une certaine satisfaction à constater que ce n'est plus moi qui l'empêche de faire ce qu'elle veut. Ou plutôt ce n'est plus moi qui fais qu'elle s'empêche de faire. Je revois Hamdane lundi, c'est bien pour faire le plein avant la rencontre de mardi. En tout cas moi j'aime ce temps de tempête, c'est vivant.

Dimanche 25 janvier 2009

9h

Je reviens sur ma sortie d'hier soir. Alan et Mikaël sont venus me chercher. Sur la route du retour Sophie les appelle pour qu'ils achètent une lampe de camping. Sans argent. Je vois qu'elle compte sur moi, consciemment ou non. Je sens un déni de ma situation, de la situation. C'est aussi son choix d'avoir tout coupé. Du coup je me serai stressé dans mon timing pour finalement ramené une lampe de poche. Une vraie galère pour pas grand-chose. Quand j'arrive à la maison sa tension est palpable, on dirait un tambour. Avant de partir je lui fais part du souhait du Dr Hamdane de la rencontrer une première fois seule avant d'accepter de nous prendre en thérapie. Et là elle me jette « on est bien d'accord que c'est pour en finir, pour se séparer, tu lui as bien dit ! » Hors moi je considère que cette thérapie, qui doit nous aider chacun à être et à affirmer ce qu'on est pour mieux continuer nos routes quelle qu'elles soient, doit être libre. Je n'ai pas à me préoccuper de ses idées, désirs, etc. Je tâche de lui expliquer que je ne vois pas pourquoi j'aurais dû prendre l'initiative de parler à sa place quant à ses souhaits perso. Ce à quoi elle me rétorque « ah non mais moi maintenant je veux que ça s'arrête, j'ai tout à gérer et je suis déjà en thérapie, j'ai pas besoin d'en faire une autre, … ». Dans ma tête je me dis qu'elle mélange tout. Elle imagine qu'une thérapie de couple même dans l'optique de la séparation va l'aider à résoudre ses problèmes matériels ou à mieux supporter ses gosses ? C'est pas un psy qu'elle cherche là, c'est un avocat ! Bref, j'encaisse tant bien que mal la provoc car, en moi, une petite voix me crie : « Plus jamais ça, plus jamais cette relation basée sur la culpabilité, la frustration et la jalousie ».

51

Moi je suis déjà séparé d'elle et, comme je l'ai déjà dit j'ai fait le bilan sur 21 ans et il est positif. Mais je ne vivrai plus jamais avec ça, avec cet aspect là d'elle, mon amour est sincère mais je ne jouerai plus jamais au papa et à la maman avec elle. Le plus dur dans mon état, c'est après tout ce que je viens de traverser de douloureux, c'est de réaliser que j'ai passé 20 ans avec une conne. Et j'en redemandai…

Certes cela parait exagéré, elle est seule à tout gérer, elle doit faire face aux impondérables (qu'elle a généré toute seule, les allocs, les frais, etc.), il n'y avait plus d'électricité, elle était frustré de son week-end, etc. Certes. Mais je ne veux plus de cette relation avec une victime égoïste, si on veut faire les comptes (et on va les faire je pense grâce à la thérapie) moi j'ai eu ma période Secours Catholique où elle a lâché prise tout en restant à la maison, moi au moins je suis pas sur son dos, et c'est ce qu'elle voulait ! Elle croit que la séparation va résoudre quelque chose ? Moi je le sais, la séparation ne résout rien, c'est juste un événement, un choix que nous faisons et c'est notre façon de nous ajuster par rapport à ce choix qui nous permet d'aller de l'avant, ou de plonger. J'espère que mardi elle y verra plus clair parce que Claude à bien l'intention de nous mettre devant nos responsabilités, et il n'y aura pas de victimes innocentes, même femme… Moi je suis prêt et je continue l'entrainement.

13h25

J'ai envie d'écrire ceci : Oui j'ai des désirs, mesquins pour moi car ils sont en décalage avec mon positionnement. La belle maison tout confort, le garage et sa super bagnole rutilante, le jacuzzi et j'en passe. Mais dès que je me projette à l'intérieur de ces désirs, je ne m'y retrouve plus. J'ai envie de dire le ciel est mon toit, la mer ma salle de bains et la terre mon salon avec hommes-cinéma. Oui je sais il me reste du chemin à faire et probablement que je ne trouverai jamais l'équilibre mais j'aspire à le mieux vivre.

Après mon défoulement de ce matin j'ai envoyé ce texto à Sophie : « Pardon de cette intrusion. Je pense que j'ai dû mal m'exprimer hier soir. Saches simplement que je n'ai aucun désir de lutter contre toi. Je tiens juste à me respecter, et de fait à te respecter. Mardi sera plus propice pour communiquer, il y aura un traducteur ☺ Heureux que le souci électrique soit fini, bonne journée. » Ce à quoi elle a répondu : « Bonne journée à toi aussi ». Le courant était revenu à 22h hier soir.

18h50

Cet après-midi Sophie m'a téléphoné pour me demander un service technique sur l'ordi. De nouveau très détendu et s'excusant pour le dérangement. Je l'ai renseigné avec politesse et bienveillance car je suis comme ça et ça me plait.

Elle m'a rappelé quelques minutes plus tard, un peu hésitante, pour m'expliquer qu'hier soir s'était mal passé car elle était très tendue et stressée avec la journée de merde qu'elle avait eue. J'ai de nouveau été très réceptif et je l'ai remercié pour ce geste. Rendez-vous mardi, la tempête est passée et le courant revenu. Je remercie Dieu pour toutes ses petites attentions qui me procurent du bonheur comme jamais je n'aurai su en profiter « avant ». Bismillah.

Lundi 26 janvier 2009

12h45

Je sens cette journée comme une journée d'attente. J'ai eu un entretien avec Hamdane où je lui ai résumé mes pré-projets d'avenir. Convalescence pour finir le travail d'écriture et préparer la possible édition du livre. Transmission de ma vie en père au foyer pour les 2 petits entre juillet et août pour le faire en douceur sans créer de ruptures répétitives, préparation de ma reconversion vers l'école de pilotage avec Sergei. La logistique de tout ça reste encore très floue, comment retrouver le chemin pour la mise en œuvre des moyens pour survivre puis vivre au sens financier du terme.

J'ai eu Claude au téléphone qui affronte de nouveau des emmerdes avec le fisc suite à de nombreuses embrouilles avec des affaires passées. Je me sens désarmé, je ne savais pas quoi dire, je ne peux rien faire et ça me trouble, d'autant qu'en plus il s'investit énormément pour nous aider à franchir ce cap avec Sophie. Je suis embarrassé, je me sens incapable, incompétent et je représente un poids dont j'imagine qu'il n'a vraiment pas besoin en ce moment. Mon Dieu, quel vide sous mes pieds, où est le chemin ? Je ne suis vraiment pas intégré dans le monde social et je m'en sens totalement incapable. Je ne suis pas autonome. Que faire, qu'ai-je à faire ? Prendre le temps, mais comment et qui est-ce que je lèse ? Foutu culpabilité, je crois m'abandonner en confiance mais n'est-ce pas plutôt que j'abandonne, incapable jusqu'au bout d'assumer quoi que ce soit, d'être un homme responsable ?

Dieu j'ai besoin d'être éclairé mais en ai-je la capacité ? J'ai oublié de demander à Hamdane si il pensait qu'une « vraie » psychanalyse me serait profitable. Il faut que j'y pense mercredi. Je suis dans la confusion la plus totale, encore « trop tard » ?!

Est-ce que ma disparition libérerait ceux auxquels je tiens d'un poids mort ou est-ce encore une fuite éperdue, la peur au ventre ! Incapable, incapable, incapable. Je m'en veux encore tellement, j'ai pas fini de souffrir, je peux encore me faire beaucoup de mal. Mais je sens que tout le mal que je me ferai ne me libérera pas, je n'y trouverai aucun pardon, je n'arrive pas à me pardonner, je n'arrive pas à me responsabiliser. Incapable.

15h

J'ai beau essayer de me changer les idées, je pète de trouille. J'ai honte de moi. Je commence à peine à imaginer un avenir possible que déjà j'entasse sur les fondations de mes peurs les parpaings de mes angoisses. Qui suis-je pour oser imaginer avoir le droit de construire ma vie comme je l'entends ? De qui ou de quoi me rendre esclave pour éviter la peur d'être le maître ! Où est ma cellule, vite, vite, que je puisse m'y enterrer ! À quoi ça sert tout ça de toute façon, dans 30 ans je serai mort et je n'aurais jamais existé, même ceux qui comptent, ceux pour qui ils comptent sont morts aussi. « Pas de série pour le nombre Un, la nécessité unique. L'Ankou père de la douleur, Rien avant, Rien de plus ».

15h22

De quel droit je m'approprie la douleur des autres ? Par pur égoïsme, par peur d'être concerné, pris à parti, mis en cause ? J'ajoute la lâcheté à la longue liste de mes talents. Je crois que j'ai besoin d'une bonne psychanalyse, j'ai surtout besoin d'aide, d'être protégé. Comment vais-je la payer ? Comment vais-je payer mes dettes ? J'ai trop tiré sur la corde, j'ai trop cru, j'ai trop rien voulu savoir, je me sens rattrapé par ce que je n'ai pas voulu voir. Je ne sais même pas de quoi je parle, c'est de la panique, c'est de la folie, quel beau refuge…

J'ai l'impression d'être un frêle esquif dans la tourmente, en fait je suis une coquille de noix dans une baignoire, submergé par le moindre remous. Je crée une tempête dans un verre d'eau, mais le verre est mon monde et je ne vois ni ne ressens rien au-delà.

Suis-je un imposteur ? Pourquoi ai-je appelé Claude ? Je n'ai pu résister, je m'inquiétais pour lui. Pourquoi maintenant ai-je l'impression que c'était pour moi ? Pourquoi ai-je peur pour moi ? Est-ce simplement parce qu'aujourd'hui je me rends compte que j'ai beau y réfléchir il est la seule personne à qui je peux m'adresser dans le monde entier ? Et s'il flanche tout s'éteint ? Et quel poids je lui fais peser en l'accaparant lui seul parmi 6 milliards d'individus ! Et du coup quel poids ai-je fais peser sur les épaules de Sophie pendant toutes ces années en lui demandant d'être ma femme, ma seule femme ? Que dois-je réparer et comment ?

18h

Je viens de parler avec Max pendant 2h. Ça fait du bien. Il m'a remis la tête à l'endroit. Il a commencé par me parler de lui et de ses problèmes et je lui ai dit que là j'étais mal placé pour l'écouter car je broyais du noir. Alors il s'est occupé de moi. Je ne pourrai retranscrire la conversation mais il m'a dit d'être franchement direct avec Hamdane entre autre. Je suis dans la merde et je sais pas comment je vais m'en sortir. J'ai besoin d'être rassuré et d'être aidé. Aucun mec en train de vivre un divorce et des difficultés financières ne peut être bien, quelque soit sa philosophie. Trouver un endroit pour vivre et supporter les 1 ans ½ de galères qui m'attendent le mieux à l'abri possible. Poser les choses brut de fonderie, même si c'est rester à Piétat…

Il faut que j'arrive à poser des questions précises à Hamdane :

- Est-ce qu'une psychanalyse est une bonne idée pour moi ?
- Est-ce qu'il est prêt à m'avoir comme patient ces 2 prochaines années ?
- Est-ce qu'il accepte de lire ce cahier et de me donner sa réponse après ?

Mercredi 28 janvier 2009

9h55

Ce matin je suis un sac d'angoisses. Je ne sais pas pourquoi mais j'ai l'impression de porter 20 ans de déficit. Déficit financier d'abord avec 500 euros par mois pendant 20 ans qui représente mes dettes globales actuelles. La peur que rien ne se résolve. Que la maison ne se vende pas, que la banque se rétracte au dernier moment pour le prêt qui permet d'attendre la vente effective. Déficit affectif ensuite où je me sens en mal d'amour, comme si je ne pourrai jamais connaître le bonheur d'aimer et d'être aimé sans arrières pensées. Avec cette image que même sa façon de se laver les mains me paraissait bizarre et que je n'aurai jamais accepté. Comme si tout ce que j'avais accumulé comme frustration sur tous les plans, y compris professionnel, se dressait devant moi et qu'on me disait : « ben voilà, c'est ta merde, débrouille toi maintenant ». Une montagne infranchissable que je n'ai pas la force d'affronter. L'impression d'attendre des réponses qui n'arriveront jamais ou qui seront négatives. Et toujours dans le ventre cette envie de « mort passive » comme réponse, comme seule solution. Fermer les yeux et ne plus avoir à les rouvrir tant l'idée que rien ne changera jamais me parait évidente. Et toujours Sophie se dressant devant moi comme une négation totale de la validité de mon existence. Et les enfants derrière elle comme un reproche éternel. Le reproche, avec Sophie devant, de ce que je n'ai pas su faire et de toutes ces dettes humaines et financières. Comme si toutes leurs souffrances ils me les devaient. Comme si je les condamnais à vivre le poids de mes fautes et que je les abandonnais volontairement pour fuir mes responsabilités.

Journal de mon internement
volontaire en clinique psychiatrique

J'ai froid de l'intérieur, même près du radiateur avec plein d'habits, j'ai froid.

Jeudi 29 janvier 2009

15h20

Je viens de croiser le psychologue qui m'a dit que j'avais oublié le rendez-vous. Je lui ai répondu qu'il ne m'avait pas refixé de rendez-vous. Il m'a alors dit que lors d'un suivi c'était automatique ce à quoi je lui ai rétorqué qu'à chaque fois il m'avait fixé le rendez-vous suivant en précisant l'heure d'où ma réaction de considérer que je continuai mon chemin avant d'éventuellement le solliciter de nouveau. D'autant que d'avoir retrouvé le Dr Hamdane me convient mieux pour le moment. Ce matin j'ai d'ailleurs confié mon cahier à Hamdane qui considère que ça peut être très intéressant pour lui de le lire dans le cadre de mon suivi psychothérapeutique. Nous verrons. Il a augmenté le Norset à 3 depuis hier soir au vu de mes difficultés de ces 2 derniers jours. Aujourd'hui je me sentais paradoxalement fébrile et vide d'envie, le vide et une grosse fatigue.

Vendredi 30 janvier 2009

11h15

J'ai eu un long coup de fil hier soir de la part de Sophie qui s'est annoncé comme un grand coup de gueule !? Finalement elle voulait exprimer sa fatigue face aux « grands » qui lui pèsent. J'ai essayé de répondre à ses « angoisses » tant bien que mal. Je trouve ça assez cocasse que face à ses problèmes elle se tourne vers un dépressif sous traitement renforcé.

Je l'ai exprimé il y a quelques jours, pour moi la séparation, bien que nécessaire concrètement, ne résout rien. Pour moi elle réalise sans le savoir que ses emmerdes et sa réalité sont les mêmes avec ou sans moi. Si ce n'est qu'elle a en plus à être attentive à de l'administratif en plus que je ne peux gérer d'ici. Je vais en parler à Hamdane car une fois de plus je ne sais quoi faire. Elle imagine que ma sortie de clinique lui donnera l'occasion de prendre des vacances… Je ne vois pas bien en quoi, je suis contre l'alternance qui ne répond en rien au besoin des enfants mais seulement aux envies de vacances des parents. De plus, si elle croit que ce que je vis ici sont des vacances je crois qu'il va être nécessaire de recadrer. Cela fait en plus plusieurs jours qu'elle décale la prise de rendez-vous avec Hamdane pour la thérapie de couple alors qu'elle la réclamait à corps et à cris comme la solution finale, à l'instar de la séparation… Moi, là, je le sens pas, je crois que les difficultés sont pas finies.

14h

J'ai encore en moi beaucoup de chagrins qui ne sortent pas.

Carnet de route improbable
d'une renaissance inespérée

J'aimerais essayer de retracer ces 20 dernières années pour libérer les frustrations que j'y ai entassées. Cela me permettrait peut-être aussi de me libérer de Sophie en retrouvant ce que je voulais être et pourquoi je ne me le suis pas permis. Pour moi il est important de continuer la route seul encore un moment pour éviter d'utiliser l'autre comme une excuse. Pour vérifier également que j'ai fait fausse route et accepter que ce n'est pas avec elle que ça aurait pu marcher. Pour accepter aussi le fait que seul je peux y arriver et que si une rencontre se fait un jour il faudra que je sois assez solide pour accepter de ne pas accepter si je sens honnêtement que je ne m'en satisferai pas sans attendre de changement.

Samedi 31 janvier 2009

16h30

Lors du renouvellement de mon arrêt de travail ce matin, Hamdane m'a annoncé que Sophie avait téléphoné pour prendre rendez-vous. Ils se rencontrent mercredi à 15h30. Nous avons reparlé de la thérapie de couple. Il m'a expliqué que ça serait difficile de faire un travail si nous n'avions pas les mêmes attentes. Je lui ai réexpliqué que pour moi il s'agissait de pouvoir expurger ce qui me malmène, à savoir cette ambivalence qui me fait constater que la séparation est une nécessité en terme de fonctionnement et matériel et affectif qui nous font souffrir tous deux mais que je ne pouvais réfuter l'amour que je lui porte. Ce faisant je me suis mis dans une situation où j'ai cherché des solutions marginales comme pouvoir être amoureux et le vivre pleinement tout en étant pas installé dans une vie commune. J'ai aussi exprimé le fait que je ne lutterai pas contre elle et que je suivrai son désir de séparation absolue sans discuter. Hamdane m'a expliqué également que si Sophie ne présentait aucune ambivalence sur le plan conjugal et aucune demande sur le plan du couple parental, cela lui semblerait inutile de passer par la thérapie de couple. Je lui ai dis qu'à mon avis elle avait des attentes par rapport à son rôle de mère et que si il y avait des choses au niveau conjugal ça passerait probablement par le besoin d'exprimer des reproches et des frustrations. Il m'a demandé si de mon côté j'étais prêt à entendre ça, ce à quoi j'ai répondu que oui, que je les avais déjà entendu pour la plupart et que j'en souffrirai certainement encore beaucoup. Mais je tiens à affronter ça car j'ai moi-même ce besoin énorme de pouvoir « exorciser » tous les chagrins enfouis. Je travaille en ce moment sur la notion du 50/50 et c'est très dur pour moi de ne pas m'approprier toute la culpabilité. Mais il faut que j'arrive moi aussi à exprimer mes reproches et frustrations. Qu'au fond je voudrais, sans penser à l'issue, sentir que nous sortons tous les deux de la thérapie sans laisser aucune scorie qui pour moi, même si il n'y a qu'elle qui en aurait, rendrait tout le travail entrepris caduque à court terme. Comme déjà dit, sous prétexte de la séparation c'est pour moi une rupture totale avec ma vie et si je veux imaginer repartir vers un quelconque futur ce ne sera qu'à travers une complète renaissance à moi-même, libéré de toute ombre. Et donc que nous puissions nous offrir cette reconnaissance ultime et sincère, libre l'un de l'autre, l'un sans l'autre, l'un avec l'autre. Rasséréné, en paix. Hamdane a bien entendu tout ça, j'étais à la limite de la véhémence, c'est ma vie que je joue, toute ma vie.

Je compte essayer de continuer à me dévoiler totalement afin qu'il ai vraiment tout les éléments nécessaires pour faire un bon travail.

Pour moi, ma vie n'est pas « sûre », ma façon de fonctionner et mes choix le montre.

Je ne suis pas un « trompe-la-mort », loin de là, mais j'ai choisi la moto où chaque jour peut être le dernier, j'avais choisi l'escalade et la montagne de la même manière, non pas dans un quelconque défi mais pour vivre, apprendre la vie, intensément. J'aime vivre intensément, même quand je glande je le fais à fond, toujours. Je suis en permanence rempli de doutes sur moi et je n'avance que dans les situations fortes dont j'accepte intrinsèquement le risque absolu : que ça s'arrête brutalement.

Du coup je sais que j'ai énormément besoin d'être rassuré, conforté, choyé, comme si le lendemain n'existait peut-être pas. Ambivalence, contradictions, paradoxes, oui, sûrement, mais je ne crois pas être unique, j'ai simplement fait probablement fausse route avec Sophie et elle n'a pas résisté, me laissant dériver de plus en plus jusqu'à ce que je perde la raison en étant persuadé d'avoir raison. Quand elle s'est réveillée c'était trop tard, je n'avais plus la force et le courage de remonter. Je voudrais réparer, je me suis oublié mais si j'écris ça c'est que je ne suis pas encore perdu. Voilà pourquoi je m'accroche à ce travail de reconstruction personnelle et à ce souhait de pouvoir la regarder sans plus rien de sale à l'intérieur. Et pouvoir recevoir ce même regard de sa part. J'ai peur, j'ai très peur, mais j'irai si je veux pouvoir remonter à moto. La peur peut m'aider à être moins con et Hamdane peut m'aider à gérer mes peurs. La vie est belle ?

Carnet de route improbable
d'une renaissance inespérée

Lundi 2 février 2009

9h30

Je turbine à fond depuis 2 jours. Je sens que tout s'accélère. Claude va trouver une caravane pour me faire un logement. Sophie rencontre Hamdane mercredi ce qui va déterminer la manière dont la thérapie continue, je pense à récupérer la moto en fin de semaine, je sors le 11 et tout ça me fout la pression. Il faut que j'arrive à tout déballer à Hamdane d'ici mercredi afin qu'il est une vue exhaustive de moi. J'avance certes mais sans visibilité et je n'arrive pas à me sentir concret. Et puis il y a cette putain de condition physique que j'aimerai travailler avec sérieux et j'ai du mal à passer à l'acte. J'ai senti gronder la colère en moi hier soir, sans savoir pourquoi mais c'était là, presque l'envie de taper dans le grillage. Je dois aussi faire l'impasse sur toute idée de renouer avec Sophie. Hamdane me disait qu'elle m'aimait peut-être encore « comme on peut aimer après 20 ans » !!! Peut-être alors suis-je incapable d'aimer car ce genre de vision ne m'intéresse pas du tout. Je ne suis capable que de passion et la tiédeur molle d'une passion calmée en amour ne m'aide pas. Et c'est probablement ça qui fait que je ne pourrai jamais rencontrer la femme de mes rêves. Même vis-à-vis de Sophie je me sens encore capable de vivre passionnément avec les mêmes délires d'il y a 20 ans.

Il est probable que si j'avais été honnête avec moi j'aurai en 20 ans fait 7 mariages différent car il n'y a que quand c'est intense que ça me plait, le reste m'ennui.

Je ne sais à quel devoir j'ai voulu me plier pour croire que m'accrocher à Sophie était la chose à faire même en en souffrant. Quelle connerie ! Et elle, comment a-t-elle pu imaginer que ça marcherait ? Probablement pour des raisons aussi connes que les miennes, question de background, putain d'ancêtres !

Contrairement à ce qu'on m'assénait étant plus petit, je crois que je m'intéresse à tout mais je ne serai jamais « sérieux »… Je suis joueur, futile ou plutôt superficiel mais dans le sens explorateur du terme, j'aime quand ça bouge, quand ça change, je n'aime pas les allers-retours, passer 2 fois par le même endroit sauf si c'est pour vivre quelque chose de « fun ». Et je cherche la stabilité dans mon partenaire, en vivant avec il est mon point fixe dans ces paysages changeants. Finalement la caravane ça me plait bien, je n'ai pas besoin de m'installer, tout ce dont j'ai besoin je l'ai avec moi. Contrairement aux idées reçues ce n'était pas d'une suiveuse dont j'avais besoin, juste quelqu'un d'itinérant qui faisait le chemin avec moi par envie de partager les mêmes aspirations pour elle-même avec un point fixe dans son champ de vision, moi. Du coup on a tous les deux envie de soigner l'autre pour préserver cette sécurité, cette référence dans ce monde changeant que nous explorons avec tous les dangers possibles et inconnus.

13h

J'ai besoin de raconter. À 13 ans je me suis fait 2 copines, Géraldine (ça s'invente pas !) et Anne-Marie. On était tout le temps fourré ensemble, on se tenait la main, on passait des après-midi allongés en triangle dans les parcs. Anne-Marie m'attirait mais je ne me suis jamais déclaré et à 14 ans je suis sorti avec Géraldine, mon premier flirt. Ça n'a guère duré mais on est resté copain bien longtemps encore. À 16 ans j'ai rencontré Deana lors d'une réunion Subud où mes parents me trainaient. Nouveau flirt puis grand amour pendant 1 an. Elle habitait Rochefort et moi St Cloud. Je travaillais à Garches et j'ai rencontré Florence à 17 ans, elle en avait 23. Première expérience sexuelle, elle avait un copain attitré et un amant. Je suis devenu le 2e amant. Au bout du compte je ne l'aimais pas mais on s'entendait super bien ensemble. Au bout d'un an et quelques elle avait viré son mec et son amant puis je l'ai quitté. Dès le début je lui avais dis que je ne l'aimais pas mais on s'en foutait. Après il y a eu un cours passage avec Karine d'origine irlandaise qui à chaque fois que j'essayai de passer à l'acte s'allongeait sur le dos et écartait les jambes mais elle avait les poils tellement piquant que mon pauvre membre avait l'impression de vouloir forcer un hérisson et je n'ai jamais pu concrétiser, 2 semaines et j'ai abandonné. Il y a eu Isabelle, elle aussi plutôt femme à hommes, j'avais assez mal vécu même si je me sentais amoureux. Puis après avoir rompu officiellement avec Deana (et oui je l'avais pas encore fait) et le flirt d'un soir avec Véronique j'ai décidé de tout arrêter. Presque 1 an ½ d'abstinence et j'ai rencontré Sophie. Nous avons été amis pendant quelques semaines puis nous sommes sortis (flirter) ensemble. Le premier soir elle m'a dit « tu peux y aller je prends la pilule ». J'ai éclaté de rire et j'ai arrêté. Je lui ai dis que ce n'était pas ce que je cherchais comme relation. Nous avons finalement couché ensemble quelques temps après. Et tout est parti très vite, nous étions jeunes et pleins d'espoirs mais aussi remplis l'un que l'autre de croyances qui nous paraissent débiles aujourd'hui. Alan est venu en août 88, j'avais rencontré Sophie en mars 87. Mikaël en janvier 91, Saul en octobre 97, Rohanne en mai 2001. Je ne regrette rien pour eux, ils en valent la peine, j'étais là pour chacune de leurs arrivés. J'ai vécu mes plus belles années. Mais Sophie et moi nous nous sommes aussi fait vivre le pire. Finalement nous avons été au bout du concept « mariage ». Il est temps de passer à autre chose, il est temps d'être en paix.

Mon fils Mikaël n'en finit pas de se chercher et il est venu interrompre le fil de mes pensées avec un texto inquiet sur ses rendez-vous infructueux aux FastFood où il cherchait du travail. Je me suis permis cette réponse :
02/02/09 14:44

De:

Trévidic, Valentin

Les 2 ? Bon, lache pas l'affaire, continu à chercher, même sur Pau si y faut en essayant de jongler avec les déplacements de Sophie. Sinon, ne lâche rien, botte toi le cul pour tes entrainements, fabriques toi un coach virtuel qui tous les jours te pousse au cul pour courir et le reste, même si t'as pas envie, même si tu vomis ton 4 heure... Il le faut pour ta propre cohérence et te construire une force morale qui sera encore plus importante que le physique pour tes projets ! Pour toi, aujourd'hui, c'est une question de survie pour passer de l'ado boutonneux et nonchaland à l'âge adulte. Penses à la baleine blanche et mets toi des claques, pas pour te punir mais pour t'éveiller ; tu te le dois, sois fort et intraitable avec toi même, ta tête est un outil merveilleux pour te créer un avenir mais c'est aussi ton pire ennemi, oblige ton corps et trompe ta tête et tu verras, tout finira par s'harmoniser... Quand tu seras adulte, tu le sauras. C'est maintenant que tu dois accélérer, ne lâche rien, sois fort et sers toi de ceux qui t'entourent et te veulent du bien (Laurent, Sophie, ton recruteur, et moi ?). Plus tu seras exigeant pour toi plus tu trouveras des gens pour t'aider à avancer, la vie est belle, prends en soin et ne laisse pas ta tête déborder, observes tes sensations après 2 heures d'efforts intenses et compare avec ce que tu ressens après une journée passée à glander... Sois honnète et ne t'en veux pas, mais sois fier. Ne confond pas tes sentiments, la fierté est bonne, pas l'orgueuil, la tension est bonne, pas la nervosité, la violence à du bon, pas l'agressivité, etc. Après 2 ou 3 heures d'efforts intenses tu devrais pouvoir sentir ce qui est bon, après 1 journée de branlette tu dois sentir ce qui est mauvais. Ton corps est le cheval, ta tête sont les rênes la selle et les étriers, ton âme/cœur est le cavalier. Amuses toi avec ce concept, visualise tout en inversant les rôles et vois ce que ça donne... Puis repars courir pour tout nettoyer (comme l'ardoise magique) :-)

Carnet de route improbable
d'une renaissance inespérée

Je t'aime, je suis ton père et Valentin, mais ça ne fait pas tout, c'est toi qui dois vivre, sois fort, bises.

15h30

En fait avec Sophie nous avions décidé que nous ne pratiquerions l'acte sexuel « complet » que quand nous serions sûrs d'être OK ensemble. Elle a arrêté la pilule et nous avons joués à « touche pipi » pendant quelques mois. Puis, un jour, j'ai décidé de passer à l'acte, elle m'a demandé si j'étais sûr, j'ai dit « moi oui » et elle a accepté. Après pour le facteur « enfant » nous nous sommes dit Inch'Allah !

Après la naissance de Mikaël nous avons décidés de calmer le jeu car je ne me sentais pas bien à Paris et je cherchai un moyen de changer de vie, de façon de travailler, etc. Pendant les grandes vacances nous sommes partis avec un ami et sa sœur (Philippe et Christine) et Sophie a basculé dans un mauvais « trip ». Elle a commencé à me harceler à propos de Christine qu'elle voyait comme une menace. Moi je n'avais rien vu, je m'en foutais, j'étais heureux et je l'aimais elle, Sophie, et franchement ça me suffisait pour vivre d'autres choses comme la montagne et l'escalade, intense à l'époque. Mais Sophie n'a pas lâché l'affaire, c'est devenu une obsession, même de retour à Paris. Au bout de 2 ou 3 mois elle m'en parlait presque tous les jours. Elle était devenu inaccessible, j'avais perdu le contact et le plaisir d'être avec elle, je partais bosser en fuyant, je me plaisais plus au travail et pourtant je cherchais tous les moyens pour rentrer le plus tard possible. Soyons clairs, je ne l'accuse pas, il est fort probable que, déjà, ma façon de prendre la vie et de me comporter l'avait amenée à le vivre comme ça. Mais à la fin c'était terrible, elle faisait la gueule tout le temps et quand on allait faire la fête chez Tara pour danser et s'amuser toute la nuit, elle faisait toujours la gueule, j'avais les boules car la femme avec qui j'avais le plus envie de partager mes rires, mes joies et mes danses était un mur triste. Je me sentais abandonné et coupable de sa mélancolie. Puis un jour, sottement, j'ai voulu en avoir le cœur net et je suis allé chez Christine, « pour voir ». À ce moment là je n'y croyais pas du tout, c'était comme une façon de prouver que j'avais raison, pour moi Christine avait d'autres chats à fouetter que de penser à moi, en plus on ne se fréquentait même pas en amis. Je sortais dans notre groupe d'amis à Sophie et moi et il n'y avait aucun lien avec Christine. Mais ce dimanche, quand je me suis présenté à Christine, elle m'a littéralement sauté dessus en me demandant pourquoi j'avais attendu si longtemps.

Et là tout a basculé, en 5mn elle m'avait procuré tout l'amour et la passion dont j'avais été sevré pendant de longs mois avec Sophie. J'ai été complètement déstabilisé et toutes mes convictions se sont écroulées. Nous nous sommes fréquentés régulièrement pendant quelques mois puis je me suis aperçu que, même si j'étais heureux de ce qu'elle m'apportait, j'avais envie de retrouver Sophie, j'espérais qu'elle redeviendrait la femme amoureuse et heureuse que j'avais connu pendant 5 ans. C'était avec elle que je partageai les réveils gastronomiques du dimanche, les envies de complicités, etc., je la voulais mais elle n'était plus disponible, trop en souffrance anticipée. Paradoxalement quand j'ai vécu quelques aventures extra conjugales avec Christine les choses se sont peu à peu calmées du côté de Sophie, me laissant imaginer que tout n'était pas perdu.

Au bout d'un moment Christine, voyant que je ne l'aimerai jamais suffisamment, m'a demandé la permission de se marier avec un autre homme qu'elle avait rencontré et qui semblait en capacité de lui apporter son équilibre. J'étais super heureux

71

pour elle et super confus qu'elle me demande mon autorisation !!! Alors je lui ai « donné » et nous avons arrêté de nous fréquenter en tant qu'amant. Je suis resté avec Sophie, espérant toujours qu'elle devienne une femme joueuse, joyeuse et heureuse, que je devienne son « point fixe ». La sauce n'a jamais vraiment prise. Elle a fini par trouver son chemin de liberté à travers le Taï-Chi et s'est mise à admirer d'autres hommes que moi. Pas en amante ou amoureuse, non, elle a toujours revendiqué haut et fort qu'elle ne m'avait jamais trompé. Mais elle n'a pas compris que pour moi, fort de mes expériences (que je n'ai pas voulu lui faire porter en gardant pour moi l'amertume et la culpabilité de mes actes) c'était plus là que je plaçais la valeur d'une relation. Je me suis mis à souffrir de plus en plus de ces autres hommes admirables qui lui faisaient découvrir la vie et la liberté alors que moi je cherchais toujours l'amour et la reconnaissance auprès d'une fille qui ne pourrait jamais me la donner. Si au moins elle m'avait trompé et qu'elle était revenu vers moi plus amoureuse que jamais avec la certitude que c'est moi qu'il fallait préserver plus que tous les autres projets…

Alors le manichéisme facile me dirait que j'ai fauté 6 mois et que je payais 6 ans, bien fait, etc.… Je me suis tellement fait de mal, j'ai fini par décompenser grave et je suis devenu pire que ce qu'elle avait été avec Christine. On ne s'est plus jamais compris, on a encore essayé de trouver des solutions pendant ces 5 dernières années, toutes plus douloureuses et séparatistes les unes que les autres pour chacun de nous deux. Jusqu'à ce que j'arrive ici, en loque, incapable de reprendre pied.

Aujourd'hui j'ai des tonnes de reproches à lui faire, mais je ne peux lui en vouloir, je l'aime et je ne veux plus vivre avec elle. Je veux partir en paix avec mon passé, avec Sophie, avec moi. C'est vital pour moi et puis il y a les enfants avec qui j'aimerais pouvoir fonctionner sans ombres, pour eux, pour moi, pour Sophie.

Je demande le pardon, pas l'absolution, le pardon. Mais je sais que le pardon qui me libérera vraiment sera celui que je serai capable de m'offrir.

Que Dieu et St Hamdane m'aident.

Mercredi 4 février 2009

9h50

Aujourd'hui je vais bien. Douché, rasé, je suis parti marcher aussitôt après le café. Je pensais à ça : pourquoi j'écris, pourquoi je me raconte. Je me dis que ça me libère. Si je veux vraiment continuer à vivre en toute liberté il faut que j'écrive ma perception du passé, la raconter ne suffit pas. J'ai entendu mon père (qu'il repose en paix) se raconter quasiment tous les jours, se faire tout le temps de nouveaux amis et se raconter. Mais pour moi, j'entendais toujours la même histoire (son histoire, celle du loup dans la bergerie…). Alors je me dis qu'écrire me permettra de parler d'autres choses, d'être dans le présent et si j'ai de nouveaux amis ils n'auront qu'à lire mon livre si ça les intéressent. Et je pourrai vivre librement et spontanément chaque jour nouveau, « Carpe Diem ». Il faut être très attentif quand on parle, on tombe vite dans le piège des lieux communs, l'autre n'existe que si on peut s'y retrouver soi même, et pour moi ça devient vite chiant. J'aime parler mais la plupart du temps je préfèrerai être muet. J'aimerai rencontrer quelqu'un de différent qui me ressemble… Encore une contradiction dans les termes ? Pas vraiment car pour moi, j'imagine plutôt le bonheur de cohabiter dans le plaisir. Mais pour cohabiter il faut prendre du plaisir en commun, comme deux bras de rivières qui se rejoignent pour former un fleuve fort qui va renforcer la grande marée. Hors pour moi il n'y a rien de plus varié et contrasté que la mer, toutes les vagues sont différentes et elles s'enrichissent de l'histoire des fleuves qui eux-mêmes sont l'addition des rivières et des ruisseaux qui sont nés de sources souvent bien éloignées les unes des autres ; Pour certaines souterraines, et toutes viennent de la terre… qui elle-même n'est qu'une source dans l'univers. Ma mère a lue mes 3 premiers textes et a apprécier mais m'a raconté qu'elle avait écrit pendant son année de tuberculose à 26 ans. Elle m'a dit qu'à travers ces écrits je découvrirai peut-être des parents inconnus. Alors, recherche de points communs pour se rassurer sur la filiation ? Mais à l'époque elle n'était pas ma mère, hors je suis père de 4 enfants, quel rapport ? Aucun à mon sens, j'écrivais déjà quand j'avais 16 ans et pourtant je ne me reconnais pas forcément dans ces textes, à part le côté nostalgique, et je n'y vois pas un écho anticipé à ce que sont mes enfants. Depuis le début j'écris pour moi et si je rêve de publier ce n'est pas pour mes enfants, c'est pour tous les autres qui ne se reconnaitront pas mais qui, comme moi à la lecture de certains auteurs, déclenchent sur cette différence, libre de toute filiation, si ce n'est à la terre, petite source dans l'univers. Bref, raconter ma vie maintenant me permet de l'oublier et de vivre encore, je peux me libérer sachant qu'au besoin je pourrai toujours la relire. Pour créer un lien avec moi-même ? Peut-être, mais peut-être que je n'en aurai plus besoin, riche de ce qui adviendra. Pour moi « Va, vis et devient » passe par cette étape et la rivière ne remonte pas son cours, sa mémoire se trace dans son lit et nourri la mer, libre et joyeuse, pétillante et fluide. Il fait beau aujourd'hui.

Jeudi 5 février 2009

9h10

Après une nuit exécrable je mesure maintenant le chemin qu'il me reste à parcourir pour atteindre le chemin de la paix et sortir de ce con de désert. Sophie est venue voir Hamdane hier après midi et comme j'étais avec Claude dehors elle est venue nous parler après. Elle m'a dit qu'Hamdane proposait un travail sur la mise en place du couple parental et, d'un revers de la main, elle a précisé que le couple conjugal n'avait plus lieu d'être. Et je me suis empoisonné. La souffrance j'ai eu mon compte pendant ces 30 jours, mais je m'aperçois que je génère encore du poison intérieur. Elle a choisi de le vivre comme ça, moi pas. Je ne cherche plus à négocier avec elle mais il va falloir qu'elle apprenne à respecter mon espace vital. J'ai besoin de pouvoir vivre ma séparation sans qu'elle vienne me polluer avec ses certitudes. Elle ne peut pas m'imposer son côté « c'est comme ça puis c'est tout » et en même temps attendre de moi que je sois présent quand elle a besoin d'épancher ses propres soucis, parentaux ou non. Je pense que me ressourcer loin d'elle jusqu'en juillet ne sera pas du luxe. Sur la base du 50/50, j'accepte mon chemin mais dans l'aspect positif. Je suis responsable à 50% du passé où je l'ai empêché de vivre et où elle m'a sevré d'amour, à l'avenir je ne lui impose plus rien mais je refuse qu'elle m'encombre même à 25%. J'ai voulu la séparation puis elle l'a imposée pour elle-même, qu'elle me laisse vivre maintenant.

13h

Bon, il faut que je pousse le cri primal et après je me dois de prendre soin de moi. Cela passe par me poser les bonnes questions. Pourquoi est-ce que le comportement de Sophie génère ce sentiment de négation en moi et surtout pourquoi si fort ? Je comprends que la part du fantasme en moi est maltraitée par la confrontation au réel. Je comprends qu'il faut que je me détache du rêve qui me relie à elle. Je sens que cela passe par l'énumération de reproches que je refoule afin que je les visualise à l'extérieur de moi et que je constate qu'ils ne peuvent lui appartenir. Je sens aussi que remuer ça me fait plus de mal que de bien donc je réserve ça aux séances avec le psy qu'il puisse les faire péter comme des bulles de savon. Je vois en écrivant ça que je redescends au niveau du besoin de reconnaissance à travers le regard des autres et que je perds l'estime de moi. Je vais donc plutôt essayer de me concentrer sur le regard amical et bienveillant que je peux m'offrir entre les séances psy.

J'existe, je suis quelqu'un de bien, un « chic type vraiment extra » comme dirait Max et je procure du bien être aux personnes autour de moi par ma simple qualité humaine. Le vrai défi n'est pas de chercher la reconnaissance de ceux qui me nient mais bien de développer mes talents pour ceux qui m'aiment afin de leur procurer une meilleure qualité de bien être en toute humilité. Cela m'amène à faire le tri autour de moi afin d'utiliser mon énergie à bon escient, à commencer par moi en me soignant, en me regardant dans la glace le matin avec amour, en prenant soin de mon corps, en acceptant les retours positifs concernant mon esprit à travers l'écriture par exemple et surtout en m'y référant à chaque fois que le doute m'étreint... Y a du boulot, mais je vais le faire.

Vendredi 6 février 2009

9h

Étonnant phénomène. Qui suis-je vraiment ? Comment je fonctionne et avec quel carburant ? Depuis la rencontre avec Sophie j'avais le sentiment de faire une rechute. J'étais vraiment profondément miné et blessé. J'ai écrit à Serge pour lui dire que j'allais avoir besoin d'amis (j'en ai que 2, Claude et lui).

Je me sentais en colère contre moi et contre elle aussi un peu, mais finalement je me sentais surtout mal avec une vision noire où les lutins ne dansaient plus. Les montagnes étaient tristes et le ciel couleur mortier me montrait que la lune n'est pas rouge et les champs ne sont pas bleus, le feu mourant n'accueillait nul guerrier joyeux et aucune danse ne résonnait dans cette morne plaine, le désert avait repris ses droits.

En récupérant ma moto hier après-midi il ne me restait que la peur et je ne savais plus conduire, je ne pèse plus que 65kg tout mouillé et je n'ai plus de force. En rentrant à la clinique j'étais redevenu le petit être qui rentre dans sa cellule, même plus effrayé, juste vide et sans espoir.

J'ai fini par me regarder dans une glace et je me suis souri, j'ai passé 5 bonnes minutes (c'est long quand on se regarde vraiment) à me sourire et à me dire des encouragements. Peut-être grâce à ça, un peu plus tard, j'ai pris mon courage à deux mains et j'ai écrit à Sophie :

05/02/09 20:45

De :

Trévidic, Valentin

Dans le cadre de ta réflexion sur nos probables séances en thérapie, serait il possible d'échanger quelques mots par textos ? Si tu préfères par téléphone je trouve ça plus difficile mais je ferai l'effort, et, comme d'hab, si tu n'es pas d'accord je suivrai ta décision. Dans tous les cas pardon du dérangement et à te lire. @+

05/02/09 20:46

De:

Sophie

Échanger sur quoi

05/02/09 20:53

De:

Sophie

Dis moi l'objet de tes réflexions

05/02/09 21:01

De:

Trévidic, Valentin

Sur le sens ou le thème de ces séances car j'avoue que si il s'agit juste de se mettre d'accord sur l'organisation c déjà fait. Hors de mon côté g aussi besoin de "verbaliser" pour "finir" notre séparation "proprement" sans l'impression de laisser des scories. J'imagine que de ton côté tu as probablement des "choses" à exprimer suite à ma dépression. Bien sûr ce travail peut se faire seul mais il me semble que pour préserver la qualité de nos obligatoires futurs contacts, ça irait plus vite et plus simplement si nous accordions ce temps à l'aide du psy en prologue à l'aspect purement organisationnel qui, je le redis, me semble être quasiment fait. Désolé pour la longueur, tu vois je sais même plus comment te parler, je suis vraiment embarrassé. Merci de ta patience.

05/02/09 21:26

De:

Sophie

Qu en pense ton psy

05/02/09 21:55

De:

Trévidic, Valentin

Je lui en reparlerai demain mais je voulais avoir ton avis. Veux tu me faire comprendre que tu n'as rien à régler avec moi sur la séparation ? Moi si et je regrette ce côté "c comme ça pi c tout" car j'avais vraiment envie de faire la paix avec notre ancienne vie de couple pour ne plus trainer de mauvaise chose avec toi et pouvoir envisager plus sereinement notre organisation future. Moi, au vu de ton positionnement actuel je ne me sens pas bien et je ne sais comment envisager notre fonctionnement si ce n'est par personne interposée.

Je t'envoi un autre sms en suivant, ne quitte pas.

05/02/09 22:03

De:

Trévidic, Valentin

Tu m'avais conseillé de faire le bilan et je t'ai écouté. J'ai fait 21 ans de bilan et j'emporte plein de moments forts et agréables dans mes valises. Les autres m'aident à valider la séparation et la volonté de ne pas chercher à rester en contact avec toi. Quand je suis parti m'interner tu as rompu tout contact et j'ai réussi à te respecter dans ta volonté après un petit cafouillage du début. Aujourd'hui je cherche juste à me faire respecter dans ce que je suis, et je ne jouerai pas au bon copain avec toi, notre histoire compte beaucoup pour moi, les belles images de toi aussi et je réaffirme que je te quitte avec certitude mais sans nier ce que nous avons partagés. C'est ce que je suis de manière intègre : romantique, certes mais suffisamment réaliste pour utiliser l'amour que je te porte à travers ces 21 ans pour confirmer la nécessité de notre séparation. Et donc ça m'aurait aidé de faire ce travail proprement avec l'aide d'un psy et avec toi pour cette séparation. Bref, encore pardon, je te tiendrai au courant de ce qu'aura dit Hamdane, bonne fin de soirée.

05/02/09 22:11

De:

Sophie

Je téléphonerai à ton psy demain pour confirmer le rendez vous. Je suis d'accord pour nous séparer bien. C'est vraiment mon envie que ca se passe bien

05/02/09 22:21

De:

Sophie

Bien sur j'ai des choses à dire mais pas tant que cela. Mais je tiens à te respecter à nous respecter bonne soirée à toi aussi.

Je tel ton psy pour dire ok

05/02/09 22:23

De:

Journal de mon internement
volontaire en clinique psychiatrique

Trévidic, Valentin

Alors youpi ! T'arrive toujours à me retourner comme une crêpe ;-)
C'est très gentil de ta part. Je te fais confiance et j'en ai besoin. Aie confiance
en moi car je ne ferais rien pour te nuire et tu garderas l'initiative même lors
de la thérapie, c'est mieux comme ça car je souhaite sincèrement que notre
vie de divorcés soit encore plus belle que notre vie maritale. Et peut-être
qu'un jour j'arriverai vraiment à être un bon copain, et là, toi comme moi nous
saurons que nous avons gagnés sur notre destinée. Allez tiens, je t'embrasse
(c facile par texto) ! Tu vois, ce soir, grâce à toi j'ai retrouvé le sourire et le
gnak, sois en fière et du fond du cœur merci. Bonne nuit et prends soin de
toi.
Ton ex.
:-)

Alors voilà, j'étais heureux, vraiment heureux, j'ai senti un réel
bien être couler dans mes veines. Le feu s'est ravivé, les
danseurs sont sortis de leur torpeur et les lutins ont repeints
les champs en bleus. Ce matin, malgré un super mal de dents,
je suis content, je pense à ceci : quand je me suis écroulé chez
Claude le 30 décembre, j'ai répété inlassablement en pleurant
« c'est pas propre, c'est pas propre »… J'étais désespéré de
partir comme ça mais je ne pouvais plus rien faire.
Maintenant j'ose imaginer que ça va super bien se passer, que
je vais pouvoir agir correctement pour notre bien être, dans le
respect mutuel. Oui, j'ai besoin d'être aimé même dans la
séparation, c'est sûrement critiquable mais je sentais aussi très
fort ce matin que dans une autre histoire je pourrai être mort,
et là, il n'y a plus rien à réparer et Sophie et les enfants seraient
démunis, ne pouvant rien réajuster. Maintenant je sens très
fort que je peux mourir chaque jour, et chaque jour où j'aurais
pu donner de l'amour et agis dans le respect de l'autre et où je
me serai fait respecter sera un jour de gagné. Et j'ose imaginer
que si avec Sophie on arrive à entendre et comprendre ça,

profondément, alors la mort ne sera plus une voleuse
terrifiante mais simplement un événement que nous ne
contrôlons pas. Et derrière moi je laisserai suffisamment de
bons souvenirs pour que, comme moi avec mon bilan de
couple, les enfants et elle puisse continuer à avancer, forts et
sans rien lâcher. Et parfois quand leur regard flouté par
quelques larmes nostalgiques divaguera sur les plaines
ensoleillées, ils verront le bleu des champs sous la lune rouge
et se sentiront doucement bercés par la musique de la mer ; Se
prenant un instant pour des guerriers joyeux qui n'aiment plus
les guerres, ils danseront sur mon cœur amoureux qui a rejoint
la terre qui les portent. Aujourd'hui si je pleure, ce sont des
larmes de joie.

13h15

Hamdane m'a branché sur la nécessité d'exprimer de manière
simple et concise l'information pertinente qui justifie notre
séparation. Dur travail pour moi qui suis prolixe et qui aime à
flâner à travers les chants de mots. Mais ce défi m'intéresse au
plus haut point.
Que dire de ça : Nous avons fait des choix de vies qui se sont
avérés incompatibles avec notre vie de couple. Nos attentes
respectives à ce niveau n'étant pas comblées. Après de
nombreuses années à essayer de se satisfaire l'un l'autre nous
avons créé un schéma de contraintes qui nous a laissés un
déficit réciproque insurmontable.
Voilà, bien sûr je pourrai détailler les choix de vies, les attentes
et les frustrations mais je vais d'abord vérifier auprès
d'Hamdane si c'est la bonne piste. Le fait que je déclare le
déficit insurmontable équivaut à dire que nous ne sommes pas
motivés pour le surmonter dans la mesure où, de toute façon,

le résultat serait que nous ne serions (je ne serai) pas satisfait dans nos (mes) attentes. Pour moi je me sens plus près à l'accepter et « l'aimer » si je me sépare, n'ayant plus à attendre d'elle. L'argument qui consiste à qualifier le « vrai » amour comme quelque chose où on prend l'autre tel qu'il est, sans attente, me parait très idéaliste, voire mensonger. En effet, quel que soit la relation, la rencontre se fait que parce-qu'on reçoit une réponse positive à une attente. L'idéal étant qu'on trouve ce qu'on cherche et donc on accepte la relation. On n'aime pas tout le monde, on n'est pas ami avec tout le monde, on n'a pas envie de fréquenter tout le monde. Le don de soi et l'acceptation de l'autre, la base de l'échange positif se fait parce qu'on se satisfait. Cela peut-être spontané, et on appelle ça l'amour vrai parce qu'on croit ne rien attendre ; où cela peut-être travaillé si la somme de ce qu'on a à gagner est supérieur aux contraintes. Dans notre cas je constate que le bilan n'est pas positif. La somme des contraintes étant supérieure à la satisfaction. Par contre, et c'est là toute la difficulté pour me comprendre, la séparation libère les contraintes et l'amour reste par la reconnaissance et le respect de l'autre. Chacun s'y retrouve, elle peut aller au bout de ses projets à sa manière, je peux être moi-même et gérer mes attentes sans culpabilité, je peux vivre avec les enfants dans une vision ludique sans trop planifier et elle se libère du côté contraignant du « devoir » de la mère à ses enfants tout en se ménageant le plaisir de les aimer librement. Tout le monde est gagnant : les enfants qui ont un parent disponible pour eux en permanence, voire 2 parents puisque la mère n'est pas loin et soulagée, Sophie peut vivre ses choix sans se croire obligée de se justifier par rapport à l'aspect familial, responsable, « devoir » et moi je peux vivre mes choix sans me sentir obligé par l'aspect « social » du père, je peux rêver en paix, laissant aller mes aspirations comme elles viennent sans me sentir égoïste, irresponsable et injuste, sans être le tyran de service. Je peux apprendre à vivre avec ce que je suis sans peur du jugement, sans subir les inquiétudes de « l'autre ». En fait, tout ce que nous vivons se justifie et est acceptable pour nous-mêmes, y compris dans les difficultés, les erreurs et les efforts, mais notre différence de perception et de fonctionnement rend notre couple inefficace, et donc détruit au lieu de construire, pèse au lieu de porter, fait souffrir au lieu de soigner, fait peur au lieu de rassurer.

Bon là c'était long mais je brûlerai un cierge à St Hamdane pour qu'il m'apporte la lumière. Bismillah.

Ar Rannoù : « Daig fils sacré de druide, que veux tu que je chante ?

- Chante moi la série du nombre trois jusqu'à ce que je la sache maintenant.
- Il y a trois parties dans ce monde : Trois commencements et trois fins, pour l'homme comme pour le chêne, trois royaumes de Marzhin, pleins de fruits d'or, de fleurs brillantes et de petits enfants qui rient.

Extrait du « Manuel du guerrier de la lumière » de Paulo Coelho sur lequel ma main aveugle est tombé en réponse à mes flâneries de ce matin si chargées d'émotions brutes :
« La racine latine du mot « responsabilité » révèle sa signification : c'est la capacité à répondre, à réagir.
Un guerrier responsable a été capable d'observer et de s'entrainer. Il a même pu être « irresponsable » lorsque, parfois, il s'est laissé surprendre par une situation et n'y a pas répondu, ni réagi.
Mais il a retenu la leçon ; il a adopté une conduite, il a écouté

un conseil, il a eu l'humilité d'accepter de l'aide.

Un guerrier responsable n'est pas celui qui porte sur ses épaules le poids du monde ; C'est celui qui a appris à reconnaître les défis de chaque instant. »

Samedi 7 février 2009

18h15

Après la journée d'hier très intense en émotions où j'ai eu un retour intéressant de mon frère et où j'ai vraiment senti vers quel devenir je voulais vraiment exister ; L'écriture devient de jour en jour la réponse appropriée à mon tempérament.
Voici l'échange avec mon frère :

Lambert : Salut frangin je ne te connaissais pas ce talent de plumitif, et je suis ravi de le découvrir :)! Maman m'a fait lire ta prose...

Valentin : C'était probablement embryonnaire et la reconquête de moi même a permis l'éclosion de ce "talent". Ça me va bien, moi qui ai toujours soif de verbaliser, je gagne mon autonomie en laissant couler hors de moi cette rivière d'encre irriguant mes chants de mots. J'ai aujourd'hui plus d'une centaine de pages et je ne force rien, écrire ma vie me permet de l'oublier pour qu'à nouveau je puisse vivre et panser mes maux.

Bon, là c'est mon côté jongleur saltimbanque en attente du regard émerveillé de son joyeux public qui s'exprime ; mais mon public c'est toi et ces volutes de fumée maintenant elles sont rien que pour toi, je t'aime frangin.

Lambert : J'ai toujours aimé les mots, en lisant les tiens, je t'entends mieux que quand tu parles. Je t'aime aussi.

Valentin : Probablement que mes émotions brutes sont trop fortes et mes paroles orales se noient dans un verbiage assourdissant. Écrire me permet de libérer ces émotions dans un espace libre de toute contrainte et laisse à celui qui les reçoit la liberté de les sentir à sa mesure. Souvent je pleure en écrivant, aussi en me relisant, témoin que mon émotion est bien là, intacte et protégée du galvaudage par les portes de mon cahier. Même quand je suis le jongleur des larmes viennent, parfois de joie parfois de tristesse, mais toujours intègre je ne fais pas du spectacle, je suis le spectacle. Je ne me raconte pas, je suis. Maintenant aussi mes yeux se mouillent et ma gorge se noue mais je suis heureux et ces larmes aussi elles sont rien que pour toi.

Il est nécessaire pour moi de rentrer dans Mon personnage et de le laisser vivre à l'abri des contraintes auxquelles je me suis cru obligé de répondre. En fait je cherchais une muse et j'ai trouvé une femme. Ce faisant j'ai cru que je devais être un homme et tout en demandant à Sophie de répondre à mes attentes je croyais pouvoir répondre aux siennes sans les connaître puisque de son côté elle se cachait derrière ses tentatives de répondre aux miennes...

Au bout du compte j'étais de moins en moins en phase avec moi-même donc mes demandes étaient de plus en plus décalées vers l'idée que je me faisais d'être un homme pour Sophie qui n'était même plus une femme. Vous avez perdu le fil ? Ben moi aussi et le résultat a été le gros merdier de ces 5 dernières années avec la dépression à la clé !

Aujourd'hui de nouveau en capacité de me plaire, je reviens petit à petit vers moi et ce que je suis, un saltimbanque qui utilise l'écriture pour jongler et communiquer avec son public. Je suis guéri des femmes car je réalise à quel point je ne suis pas fait pour ça, je m'entends bien mieux avec les muses, vous savez les petites lumières rousses qui tintinnabulent dans leur manteau de neige à travers le soleil vert des fins de nuit heureuse.

Par ailleurs j'ai vu mes enfants qui sont venus goûter cet après-midi et là je réalise à quel point je peux être un père, mais pas l'homme de la maison. J'envisage beaucoup plus sereinement l'idée de vivre avec les petits que de me coller dans un rôle patriarcal au sein d'une « famille » répondant au standard du genre. La mère « working girl » deviendrait folle avec moi, comme moi j'ai utilisé ma folie pour m'échapper de ce piège que nous nous étions construits pour pas « déranger » la société.

En regardant mes enfants j'ai réalisé aussi qu'ils portent la réponse à notre vie que nous avons refusé, ce sont des artistes en herbe sauf qu'ils me semblent qu'ils en sont beaucoup plus conscients que nous et qu'ils ne se cacheront pas 20 ans derrière des miroirs aux alouettes. Mais la difficulté que nous avons ressentis pendant toutes ces années face aux impératifs matériels devient pour moi une évidence, une réponse à nos mensonges. Ces difficultés n'en sont plus vraiment si nous assumons nos choix et ce que nous sommes, ce sont les aléas de notre intégrité et comme nous ne cherchons pas à les éviter, elles deviennent beaucoup moins gênantes et nombreuses et surtout, ce que nous produisons avec fierté et bonheur nous nourrit bien plus efficacement. Nous recevons ce que nous semons au lieu de grappiller autour de notre ingratitude face à ce que nous sommes, face à la vie. La vie est belle, la vie nous donne tout, simplement l'égalité est une utopie, vouloir l'égalité c'est refuser les différences et créer de la dictature partout, pour tous. Par contre, rechercher l'équité, ça c'est beaucoup plus dur mais tellement plus générateur de respect et de justice. J'ai aimé les béatitudes pour ça et une phrase qui me terrifiait étant plus jeune était celle-ci : Heureux ceux qui ont soif de justice car aux royaumes des cieux ils seront rassasiés. Et j'avais toujours des images de guerres où d'horribles dictateurs qui sous prétexte de justice nivelaient leurs sociétés et une fois au ciel Dieu leur rendait justice, des idées de ce que peut être l'enfer me venaient et puis, plus simplement je revenais à moi et je regardai toutes les fois où j'avais fait des injustices en partageant également, croyant être un parangon de bienveillance. Et bien sûr quand tu coupes ton manteau en deux et que tu le donne à un mec à poil en plein hiver et à un autre qui a déjà une doudoune, le doute t'étreint et toi, grand couillon tu te chopes une bonne crève parce que t'as plus de manteau. Bref j'ai toujours eu des doutes avec les grands concepts comme l'égalité, la liberté, le fidélité, la justice, etc. Moi quand Sophie hisse son prude drapeau « je t'ai jamais trompé » ça me fait froid dans le dos. Sous prétexte de cette valeur ça l'absout de tout le mal que je subis avec elle. C'est trop con. Je préfère mille fois l'idée d'une fille qui se trompe et qui, découvrant amèrement la vacuité de ses actes revient vers moi avec la certitude de la valeur de vivre avec moi. Les gens qui ne se trompent jamais me font peur. La certitude, ou la force de la conscience qui émane d'une erreur est tellement plus fiable ! À l'instar d'un enfant qui joue avec le feu, une fois brulé il acquiert une conscience et une force qui lui permet de savoir utiliser le feu à bon escient et de profiter pleinement du plaisir de ne pas se brûler.

Finalement on ne trompe jamais personne que soi. Dans un couple, l'un va voir ailleurs car il doute soudain de la valeur de son couple. En fait il doute de lui et son sentiment de frustration qu'il attribue à l'autre n'est que l'écho du doute de la valeur qu'il met dans son couple, donc de lui-même. Il réalise après qu'en fait l'autre vaut bien plus que ce qu'il a trouvé ailleurs. Donc il s'est trompé lui-même, et deux fois en plus. Quand il revient dans son couple il y met une force et une sérénité qu'il communique à l'autre qui en bénéficie sans savoir pourquoi. Il ne se trompe plus et l'autre s'enrichit. Si par contre il lui dit contrits « je t'ai trompé », cela veut dire « je me suis trompé » et l'autre est obligé de porter l'erreur du premier et en plus il croit qu'il a été trompé et donc croit qu'il s'est trompé en accordant la valeur « fidélité » à l'autre. L'horreur et totalement faux et injuste. Bien sûr cela ne concerne que les couples d'amour qui croient en leur valeur couple. Dans le cas où l'un en allant voir ailleurs trouve mieux ailleurs alors il se sépare et l'autre sait pourquoi, mais le premier s'est quand même trompé lui-même, et 2 fois encore…

Avec mes enfants cet après-midi je me disais mince, je sais pas quoi dire, comment je vais faire pour les élever, les prendre avec moi, etc. Puis soudain j'ai réalisé qu'il n'y avait rien à faire que d'être moi ! Être père n'est rien de plus qu'être moi avec mes enfants. Quand les enfants ont des besoins ils les expriment. Je serai là pour y répondre et si je n'ai pas la réponse je la chercherai avec eux.

Au fond, si je suis en train d'écrire et que les enfants sont là, ils s'en foutent, l'important c'est que je sois avec eux, et si ils ont besoin de moi ils sauront me le dire, à moi d'être disponible. Je m'aperçois que j'ai passé beaucoup de temps à justifier mes manques ou mes manquements sous prétexte qu'il faut faire ceci ou cela pour coller à l'image du père, du mari, de l'homme, etc. En réalité il suffit d'être soi et pas en résistance, s'assumer et s'affirmer permet d'avoir de la consistance que « les autres » perçoivent et cela crée des repères. Combien de fois on entend « j'ai pas pu le faire, j'ai des enfants », « je dois faire ceci ou cela car j'ai mon mari ou ma femme », etc. Le temps, on a toujours le temps, ce qui nous manque c'est la disponibilité. Si mes enfants perçoivent en moi une personne occupée à écrire, à faire de la moto, etc., avec force, conviction et PLAISIR, ils utiliseront ce repère et pour eux, me demander quelque chose qui me détourne momentanément de mes occupations sera une démarche consciente ; Et ils accorderont de la valeur à leurs demandes à l'aune de la valeur de ce qu'ils interrompront ; Et pour moi ce sera un plaisir de donner de la valeur à mes enfants en prenant le temps de répondre à leurs demandes. Bref, que du bonheur ! Il me tarde de sonder cette nouvelle vision de ma vie, de passer à l'acte, d'être heureux, d'être.

Dimanche 8 février 2009

8h45

Je m'étais vêtu d'un habit d'amour et j'avais tiré un fil pour
l'offrir à Sophie. Et j'ai avancé sans la regarder. Elle a tenté de
me suivre sans comprendre, enroulant au fur et à mesure
autour de ses mains le fil qui s'étirait au rythme de mes
changements d'orientation. Parfois je disparaissais à sa vue
dans le relief torturé des montagnes de ma vie. Elle a fini par
crier qu'elle préférait la mer mais ses mains étaient déjà
menottées par la grosse pelote qu'elle avait
consciencieusement enroulée au fil du temps. Un beau jour, ne
sachant plus que faire, elle s'est arrêtée et le mince cordon qui
me restait autour du ventre m'a retenu, j'étais presque nu. Elle
voulait trouver la mer et a posé la pelote à terre mais le fil du
temps qu'elle y avait mêlé l'avait entravée bien plus sûrement
que mon amour perdu. Alors, ramassant ma pelote, en larmes
et perdu à mon tour, j'ai cherché une bonne âme pour retisser
mon habit. Mais ce qui est fait est fait et ce qui est défait ne se
refait pas. Je m'apprête à ôter ce dernier cordon, car Celui qui
regarde a dit un jour que c'est nu qu'on se présenterait à Lui.
Et je la regarde s'éloigner vers la mer en trébuchant sur ses
liens acquis au fil du temps et de l'amour incompris, se
fabriquant déjà de nouvelles certitudes. Moi je reste là,
regardant les montagnes au loin et la mer aussi. Mais si je suis
nu je doute de mes chances de survie, et pourtant, sans doutes,
j'avance vers Lui et je suis prêt à recevoir car je suis libre.

Lundi 9 février 2009

9h45

Après avoir envoyé le texte d'hier comme petit cadeau du matin à ma mère, Lambert et Claude, ma mère m'a fait un retour surprenant :

Le 8/02 à 10h30 : que cherches-tu à nous faire comprendre Valentin?
Ton expérience, à des degrés différents, est celle que nous avons vécue
Il y a ceux qui coulent et qui font le choix de rester prisonnier au milieu des algues tentaculaires et ceux qui donnent un coup de talon pour remonter à l'air libre et renaitre
Je souhaite profondément que ce sera ce dernier choix que tu feras
Je t'embrasse maman

Voici ma réponse :

Le 8/02 à 22h : Je ne cherche rien à faire comprendre ! C'était juste une tirade poétique qui est venu de bon matin en relation avec mon expérience actuelle. Et j'ai eu envie de l'offrir à ceux que j'aime comme toi, Lambert et Claude comme kdo avec les croissants :-) Parce que j'étais fier et heureux de ce texte, parce qu'il sera dans mon livre à la date d'aujourd'hui, etc.
D'ailleurs Lambert m'a dit merci ;-)
Alors pardonne-moi de t'avoir inquiété, tout va bien, j'avance vraiment et je ne fréquente plus que les muses, bises.

Mon frère m'a dit merci et souhaité un bon dimanche quant à Claude, comme d'hab il a trouvé ça beau et intéressant. Puis, plus j'y pense et plus il m'est facile de faire un parallèle entre Sophie et ma mère. Finalement je les perçois de la même manière, ce qui, une fois de plus, ne préjuge en rien de ce qu'elles sont réellement. Mais un type comme moi perçoit des femmes comme elles de cette manière : ce sont des femmes aux cheveux noirs, au visage sévère, ne laissant pas leurs émotions s'afficher, subissant les événements jusqu'au point parfois de « craquer » mais sans réagir. Ma mère a suivi mon père tout au long de sa vie, abandonnant très jeune ses envies.

Journal de mon internement
volontaire en clinique psychiatrique

Se calquant sur les humeurs de mon père. Au point que lors du décès de mon père où j'ai vécu 3 jours extrêmement intenses, ayant l'impression qu'une énergie circulait à travers moi de manière à être redistribuée autour de moi. Ma mère n'a pu rester jusqu'au bout et c'est moi qui ai reçu le dernier souffle de mon père, l'embrassant alors et lui soufflant ces derniers mots au creux de l'oreille, « n'ai pas peur, je suis là, tout ira bien, vas-y, bon voyage » et il n'a plus ré inspiré. Le jour de l'adieu au corps, toute la famille était réuni autour du cercueil ouvert, en silence, j'ai de nouveau embrassé mon père sur le front puis j'ai senti l'émotion monter comme une grande marée, j'ai saisi les mains de ceux qui m'entouraient (je crois que c'était Lambert à ma droite et Benjamin son 2ᵉ fils à ma gauche) et le courant est passé, comme la « holà » tout le monde s'est mis à pleurer, puis ma tante qui était en face à côté de ma mère s'est recroquevillée en reculant. J'ai fait signe à mon frère de s'en occuper, ce qu'il a fait. Au bout d'un moment tout le monde est sorti car les croque-morts n'allaient pas tarder à fermer le couvercle. Ma mère s'est assise à mes côtés. Je lui ai demandé si elle ne voulait pas rester seul encore un peu auprès de mon père. Son visage de marbre m'a répondu « non, non, j'ai fait ce que j'avais à faire »… Alors spontanément je lui dis « tu sais si tu n'y va pas maintenant, c'est la dernière fois ». Alors, elle s'est dressée comme poussée de l'intérieur, elle a filé s'enfermer dans la pièce avec mon père et quelques minutes plus tard elle est ressortie, elle avait pleuré mais son visage était détendu, apaisé, presque rayonnant. J'étais heureux, j'avais fait mon boulot sans vraiment comprendre d'où ça me venait mais j'avais cette sensation. Il n'empêche que je ne peux m'empêcher de superposer les images de Sophie et ma mère, les psy vont se régaler, les mêmes expressions, la même façon de rationaliser, de suivre, de subir façon « je dois, il faut » puis finalement de craquer, de pas pouvoir aller jusqu'au bout car ne vivant pas leurs propres vie. Après la mort de mon père, ma mère a commencé à tout rejeter ce qu'elle « était » de son vivant, elle s'est réapproprié ses propres goûts presque comme une ado qui se libère des obligations parentales, elle a même pu le dire, « maintenant je veux vivre pour moi ». Et Sophie le revendique avec cette véhémence qui cache la peur d'être jugée.

Grâce à Dieu je ne suis pas mort et aujourd'hui j'ai le sentiment de mettre fin à un cycle infernal. C'est pourquoi je tiens vraiment à ce que Sophie et moi dépassions cela à l'aide du psy pour pouvoir se donner une vraie reconnaissance bienveillante qui ne laisse aucun doute sur nos valeurs respectives et nous permette de les vivre librement sans ce côté vindicatif et inquiet. Que nous nous aimions suffisamment pour savoir que quoique nous fassions ensemble ou séparément ce n'est pas à une destinée de couple que nous nous devons mais peut-être cette amitié forte des gens qui se croisent rarement mais qui ne perdent jamais le lien de respect qui les relis ; Et non pas qui les renient dans la prison du « regard des autres ». Le fait que nous ayons payés tribu à la « reproduction » en étant père et mère de 4 enfants n'est qu'un aléa et quand je pense à eux, franchement, je ne trouve pas ça cher payé pour libérer des générations d'ancêtres mis à mal par la recherche du sens de la vie.

Alors messieurs les psy, ma mère nous faisait des câlins et a agit correctement en tout point lorsque j'étais enfant mais je constate que j'ai probablement souffert d'un manque qui s'est accumulé et aussi à l'adolescence d'une autre manière. Elle parlait peu et malgré les apparences, quelque chose ne passait pas, il me manquait le sentiment à travers les gestes. Et avec Sophie pareil, elle donnait dans la forme mais je ne recevais pas les sensations. Est-ce parce qu'elles étaient trop dans le devoir et pas en phases avec leurs sensations profondes, sincères et spontanées, ou est-ce que je suis insensible ? Question d'accord probablement car j'ai eu l'occasion de recevoir par ailleurs et j'ai été comblé, et par une mère et par une femme. Mais j'étais moi-même trop engoncé dans le conformisme pour m'autoriser à partir vraiment.

Mon rêve aujourd'hui est que si je meurs demain, libre et elles aussi, Sophie sera là jusqu'au bout, non pas comme une femme qui se doit et panique en se demandant si elle fait bien, cherchant l'approbation sociale, mais comme un guerrier qui est présent pour assister avec fierté un de ses compagnons d'armes. Puis, fièrement se relève, avec cette sérénité de celui qui est et qui fait et dont la route continue augmentée de la force de celui qui est parti. Quand à ma mère, c'est ma mère et elle porte l'amour de Dieu.

12h50

Putain ! C'est énorme ! Ma mère vient de répondre à l'échange d'hier et je sens une accélération phénoménale !

« Excuses moi. Je n'avais pas de croissants au petit déjeuner et j'ai paniqué un instant, d'où ma révolte irréfléchie.

Ton talent pour l'écriture est réel; la preuve, tes réflexions intimes touchent le lecteur là où ça fait mal et l'amène à l'introspection.

Je t'ai envoyé un petit livre d'un auteur que j'apprécie. Il devrait te parvenir ces jours-ci

Maman, je t'embrasse »

Je reviens sur ce que j'ai dit comme quoi ce qui est fait ne peut être défait. En réalité je sens que des entraves immémoriales sont en train d'être déliées. Des schémas de contraintes et d'incompréhensions peuvent être corrigés, déliés et dissous dans l'eau pure de l'éveil et de la conscience ! C'est la cuillère de « Matrix », dans la métamorphose de soi les chaines tombent car elles sont rigides et ne s'adaptent plus. Mon Dieu quel bonheur, rien n'est écrit, Dieu écrit sous chacun de nos pas et suit nos errances avec bienveillance. La grâce que nous lui rendons renforce l'énergie cosmique et nos prises de conscience favorisent la circulation à l'aune d'une intelligence humaniste et respectueuse. Nous sommes sauvés car nous pouvons le vivre ! Sophie, Maman, je vous aime !

SMS envoyés à la suite :
Pour ma mère :
09/02/09 14:20
J'ai bien reçu ton message. Il me tarde maintenant de finaliser ce livre pour te le dédier, à toi, à Sophie et à toutes les mères aux belles âmes dont le doute un jour à voilé le beau visage. Il y aura tout dans ce livre, le noir oh oui, mais le blanc aussi et je sais qu'il se terminera par un message d'amour d'où toute les nuances de l'arc en ciel seront enfin visibles.
JE T'AIME MAMAN !
Pour mon frère :
09/02/09 14:26
Ah cher frère, si tu savais comme c'est beau ce qui m'arrive ! Je déborde de larmes de pur bonheur et je ne peux m'empêcher de te le dire, je ne peux garder ça que pour moi. Tout sera écrit, je viens de communiquer avec Maman, souviens toi de cette date quand tu liras mon livre. Gros bisou.
Pour Sophie :
09/02/09 14:39
Pardonne-moi cette intrusion mais des larmes de joie inondent mon visage et je ne peux m'empêcher de te le dire. Par respect pour toi je ne déborde pas plus mais saches que si un jour (oh oui un jour...) tu lis ce livre que j'écris tu sauras à quel point tu es libre. Là je t'aime, comme jamais je n'aurais su t'aimer en t'imposant notre couple. Sois sans crainte pour l'avenir, je ne régresse pas, tu es libre :-)
Encore pardon pour le dérangement, bonne journée.

Journal de mon internement
volontaire en clinique psychiatrique

15h40

Voici ce que j'ai écrit à ma mère :

Ça y est !

Ma mémoire se débloque, les souvenirs affluent. Je me souviens enfin ! Ma mère, ancienne championne d'aviron qui s'était tournée vers la montagne. Quand nous étions petits elle profitait de chaque instant de liberté pour escalader ces grandes falaises abruptes. À chaque relais, radieuse et élancée, elle nous jetait un regard bienveillant qui nous rassurait, enlevant nos inquiétudes et nous faisait trépigner de joie, impatients de la retrouver, épuisée mais heureuse. C'est elle qui m'a transmis le goût de l'escalade, je m'imaginais en train de jongler avec les cordes et le joyeux tintement des mousquetons, relayant avec elle des voies magnifiques sur toutes les montagnes du monde. C'est elle qui m'a permis de marcher dans la gadoue et la rocaille et d'y prendre du plaisir et d'en tirer fierté. Un jour aussi, je me souviens, je la regardai, béat, je devais avoir 5 ans. Elle évoluait à cheval avec cette force tranquille des cavaliers qui ont dépassés le stade de la rigueur avec leurs montures. Passant près de moi, elle s'est arrêtée, avec un doux sourire elle m'a tendu la main et d'un geste sûr elle m'a posé en croupe. J'étais au paradis, fier à en pèter la sous ventrière. De ce jour j'ai toujours su parler aux chevaux. Plus tard, bien plus tard, en évoquant ses souvenirs joyeux, elle m'a encouragé à faire de la moto afin d'y développer mes talents naturels. Bref, avec ma mère c'est une longue histoire de passions partagées avec amour. Comptable ? Ah oui, comptable ben c'était un bon moyen de faire bouillir la marmite entre deux escapades. Et mon père ? Lui c'est une autre histoire, il profitait de nous déposer avec maman sur ces lieux magiques où elle pouvait se donner à cœur joie pour filer explorer le monde, toujours curieux de tout. Il nous ramenait milles histoires merveilleuses qu'il avait glanées au fil de ses flâneries. Et ma mère riait de joie de ces récits dont j'imagine qu'il tissait sur le métier de son imagination pour les rendre encore plus palpitants. De lui j'ai reçu cette faculté de mettre en musique et en mots ce que beaucoup n'ose même pas exprimer. Oui, mes parents formaient un beau couple, fort et soudé comme seul la liberté et le respect peuvent produire.

À toi Maman, je t'embrasse de cœur.

Voici la fin

De retour des crêtes où j'ai envoyé mes souvenirs voici ce que j'écris :

Comment ? Il y a d'autres souvenirs parasites ? Ceux des promenades sclérosantes dans un parc fermé ? Ceux des après-midi contrite dans un espace de jeux "réservé" aux enfants avec toutes ces mamans vides assises sur les bancs ? Non, ça ce sont les faux souvenirs "légaux", ceux qui remplacent la joie de vivre par le doute d'exister.

Le temps est un dogme de plus qui nous enserre dans ses rets tranchants, ouvrant des plaies dans notre âme par lesquelles le poison se distille.

Mais si maman, fais un effort, souviens toi de ta vraie vie, peu importe que ton incarnation t'ai entrainée ailleurs, toi tu existes. Souviens-toi, souviens-toi de ce qu'a dit papa sur son lit de mort. Dans le langage codé d'un mourant fatigué, c'est ce qu'il t'a dit, et Lambert et moi étions là pour écouter. Il a dit que tu étais cette femme merveilleuse avec qui il a partagé tous ces moments magiques. Il a ravivé en moi ces images de tes exploits et il nous a dit que la vie était belle et qu'il faisait bon d'en prendre soin. Il t'a dit combien il t'aimait et qu'il partait le cœur léger, fort de ces images de toi. Qu'il ne s'en faisait pas, qu'il serait là quand tu déciderai de faire ta dernière voie. Enfin comblée et sûre que ton amour te guiderait à travers les voiles qui séparent les mondes.

Alors ma mère n'était pas une femme câline ? Non, elle était une femme, une guerrière de la lumière. Et quand, ayant accompli sa tâche elle se tournait vers nous, elle était là, présente et disponible à nous, amoureuse. Quelle minauderie ou câlin pourrai remplacer la force de son amour, de sa bienveillance de femme radieuse et sûre d'elle ? Ma mère ? Ne vous inquiétez pas pour elle, elle n'a pas fini de grandir. Et nous avec car nous sommes issus d'elle.

Conclusion, on ne rate jamais rien. Nous vivons tout ce que nous voulons. Que ce soit en apparence ou en rêvant, nous vivons tout ce que nous voulons.

Nous vivons tous et c'est bien là l'essentiel.

Jeudi 12 février 2009

14h

Voilà, je suis sorti mardi matin de la clinique. 40 jours c'était
bien la traversée du désert. J'en ressors changé, comme après
toute aventure intense et humaine. Je sais que la route est
encore longue mais qu'elle va se réinscrire petit à petit dans le
monde des hommes. En quittant Hamdane, vu qu'il avait lu
mon cahier mais pas les 60 pages suivantes, il était resté sur la
journée du mercredi 28 janvier. Pas forcément optimiste, du
coup je lui ai dit que la vie est belle et que j'avais envie d'en
prendre soin. Il est partant pour l'histoire du livre. On se voit
le 25 à 16h pour notre première consultation avec Sophie. J'ai
retrouvé mon poids de 16 ans et mon cœur de 20 ans, à moi
de faire fructifier tout le positif que je retire de cette crise
profonde.
J'ai un peu de mal à trouver mes marques, je ne sais pas encore
où je vais habiter ni dans quelle condition. J'ai déjà eu
l'occasion de me confronter à Sophie, je suis obligé de
recadrer à chaque fois car elle est très sur ses problèmes
quotidiens et a du mal à ne pas me transférer ses frustrations.
Mais bon, j'arrive à débriefer car je ne peux avancer avec ça, ça
me bloque systématiquement. Hier je lui ai dis à quel point
c'était important pour moi qu'on mettent à plat les histoires de
budget afin de pouvoir se présenter à Hamdane avec un
minimum de liberté et de disponibilité vis-à-vis du matériel. Je
lui ai dis à quel point pour moi je voulais travailler sur la
reconnaissance mutuelle de manière à ce que je puisse la
rencontrer avec la satisfaction des bonnes choses que nous
avons vécus. Je ne veux pas qu'on reste à se regarder de travers
en se demandant ce que l'autre mijote, avec le doute et la

100

crainte d'un conflit. Je l'ai aimé, j'ai partagé d'immenses bonheurs avec elle pendant la moitié de ma vie, j'ai mis au monde 4 enfants avec elle et nous avons été heureux. Je veux pouvoir garder ce regard vis-à-vis d'elle, ne pas cracher dans la soupe, avoir l'assurance que même si nous avons choisi que c'était le moment de passer à autre chose, nous étions fiers de notre passé commun et que nous étions libres de toute rancune, que nous étions en capacité de remplacer l'amertume par la sérénité d'un ancien amour sincère.

Pour moi aujourd'hui il est temps de passer à l'étape suivante et il me tarde de trouver un lieu de vie pour finaliser mes écrits et marcher vers mon futur.

Carnet de route improbable
d'une renaissance inespérée

Notes liminaires

Les jours qui suivent la fin d'une histoire servent aussi à rythmer le début d'une autre. Hébergé d'amis en amis jusqu'au 15 mars, le retour à une réalité et une stabilité concrète ne s'est pas faite sans heurts.
Là aussi je réalise que « solder » mon passé avec Sophie ne se fera pas d'un claquement de doigts. Toutefois j'ai suffisamment progressé intérieurement pour l'envisager sans angoisses.
Les montées de stress sont plus rares et la descente plus rapide.

Voici quelques échanges qui, à mon humble avis, montrent bien le décalage et la séparation de nos deux chemins de vie. Je me suis permis de les commenter afin de mieux capter le contexte mais, bien entendu, il s'agit de mon point de vue et comme je l'ai déjà expliquer si Sophie devait raconter la même histoire nous ne serions pas dans le même film…

Une conversation sur les implications financières de la suite à donner à notre séparation et ça dérape vite… Le nerf de la guerre, il y a des choses en ce bas monde qui ne change pas :
10/02/09 15:21
De:
Trévidic, Valentin
J'ai senti beaucoup de stress lors de notre conversation de ce matin. Il me semble primordial que tu prennes le temps de voir Claude avec le budget car, malheureusement pour toi et moi, ce sont toujours les histoires de frics qui tue les couples avant ET après la séparation. Je ne nous le souhaite pas. Je porte autant que toi les difficultés et j'ai à cœur que nous passions ce cap du mieux possible. S'il te plait, respectons-nous vraiment et arrêtons de projeter nos frustrations sur l'autre. Tout le calme et le temps

que nous nous donnons aujourd'hui sera autant de gagné pour la suite, quelque soit nos priorités. Bien à toi.

10/02/09 17:05
De:
Sophie
Du stress oui : voiture en vrac courir partout. Mais je ne t'ai pas accusé ou engueulé. Désolée de ce stress. A bientôt.

10/02/09 17:11
De:
Trévidic, Valentin
Merci pour ta réponse et ta patience. Je me sens sdf et dépressif et j'essaye de gérer,
Ça ira mieux d'ici qq jours, quand je commencerai à y voir plus clair, amitiés.

Du stress à propos de la relation parentale et de nos responsabilités vis-à-vis de nos enfants et ça redérape. Heureusement que nous sommes d'accord pour travailler ça avec l'aide du psy :
23/02/09 19:58
De:
Sophie
Désolée pour mon appel tout à l'heure.

23/02/09 20:02
De:
Trévidic, Valentin
Pas de pbs, g quand même refait le point avec les petits, en cas. Pour le reste, au cas où nous aurions eu un doute, ça montre qu'il est temps et nécessaire d'avoir le psy avec nous. :-)
Bises, @+

Jamais 2 sans 3 dirait-on... Toujours le fric, et le relationnel qui va avec :

Carnet de route improbable
d'une renaissance inespérée

01/03/09 21:07
De:
Sophie
Je suis désolée d'avoir réagit si violemment. Sincèrement les mots sont allés au delà de mes pensées. Bonne soirée et bon courage.

01/03/09 21:27
De:
Trévidic, Valentin
Merci de ce réajustement. Mais le mal est fait et je m'aperçois que je t'en veux de cette vision. Nous sommes clairement encore en désaccord. Ça me passera mais ça serait vraiment bien qu'on arrive à guérir tout ça avec le psy, je tâcherai de penser à mettre ça sur le tapis le 18 mars. Bonne soirée à toi aussi, demain ça ira mieux :-)

01/03/09 21:29
De:
Sophie
J'essaierai d'être plus cool malgré stress. Sourire

01/03/09 21:33
De:
Sophie
Oui n'hésitons pas chez le psy. Pardon du mal. A bientôt.

01/03/09 21:35
De:
Trévidic, Valentin
Ok. Si le stress t'appartient, de mon côté je reste dispo pour débriefer plus longuement de manière positive et factuelle sur l'aspect financier pour calmer les fantômes. Si ça peut aider. Bien à toi, demain c'est ton anniv, tâches d'être heureuse et met de coté la merde.

Journal de mon internement
volontaire en clinique psychiatrique

01/03/09 22:02
De:
Sophie
Ne t'en fais pas le stress m'appartient. Il n'est pas si grave car vois choses positivement. Juste un peu peur. Merci pour ton aide financière. A bientôt

Heureusement il y a des moments calmes et avec un petit effort de rien c'est si facile de faire du bien :
30/03/09 20:21
De:
Trévidic, Valentin
Je repense à ce que je t'ai dit sur ta capacité à rencontrer les bonnes personnes et du coup je réalise que je fais partie des personnes que tu as contactées... YES ! C bon pour mon moral :-)
Bises @+

30/03/09 20:23
De:
Sophie
T'as raison. Bise.

Ce qui montre, une fois de plus, nos différences de perception et de sensibilité, voire d'éthique :
30/03/09 22:31
De:
Trévidic, Valentin
Un autre truc me fait réfléchir (je sais g le cerveau lent) : ta remarque sur le fait que quand tu auras une relation affective je le saurai par les enfants. C exactement ce que je voudrais éviter, botter en touche entre nous et laisser les enfants devenir les messagers innocents de ce que nous n'osons assumer. Pour ma part, sois en sûre, tu seras informée en direct de ce type de changement, non pas pour te faire souffrir, au contraire, et je ménagerai les enfants afin de leur laisser le temps de s'adapter,

mais ce ne sera pas une surprise pour toi. C juste mon point de vue et j'espère que j'aurais l'occasion de le faire comprendre et accepter auprès de toi. Passons, à part ça tout va bien et je te souhaite le meilleur pour tes projets, ça fait longtemps que t une grande fille, à toi d'y croire, prends soin de toi.

Même séparé il s'avère que Sophie est encore beaucoup en demande et les séances psy révèle que nous ne sommes plus à la même vitesse dans l'acceptation de la situation et notre prise d'autonomie. Elle tend à se victimiser inconsciemment ou non. Probablement dû au fait qu'elle a encore les enfants à gérer. Notre accord sur la garde définitive des deux petits par moi-même devant se réaliser fin juillet. Pour moi la volonté de leur laissé finir l'année scolaire dans leur environnement habituel et ne pas créer de ruptures inutiles, le changement sera déjà suffisamment lourd pour eux sans en rajouter :
08/04/09 19:50
De:
Trévidic, Valentin
Une dernière couche pour la route ;-)
Tu as évoqué le besoin de reconnaissance. J'ai de la reconnaissance envers toi et je t'aime aussi, même si ça tu veux pas l'entendre :-). Le souci est celui que j'évoquai tout à l'heure, on ne reçois pas de l'autre même si c envoyé, pb de cablage surement :-/ allez, bises et vive les psy ;-)

Lors de notre dernière séance à deux chez le psy elle a réalisé qu'elle devait accepter la séparation et couper le cordon, ce que malgré les apparences elle n'avait pas fait d'où ses sollicitations permanentes comme si je lui devais quelque chose. Maintenant c'est validé par un tiers dont elle accepte l'autorité et me voilà soulagé, du coup je peux reprendre le travail sur moi. Avant cette dernière séance je lui ai écrit cette lettre pour la préparer une énième fois au changement, ma vie ayant repris ses droits et la réalité d'une nouvelle relation se faisant jour. Je suis resté sur mon axe et l'ai informé de vive voix lors d'une rencontre informelle, je lui ai également lu la lettre :

ADIEU SOPHIE, MON ANGE

Le tunnel d'Or

Regarde, il gèle
Là sous mes yeux
Des stalactites de rêves
Trop vieux
Toutes ces promesses
Qui s'évaporent
Vers d'autres ciels
Vers d'autres ports
Et mes rêves s'accrochent à tes phalanges
Je t'aime trop fort, ça te dérange
Et mes rêves se brisent sur tes phalanges
Je t'aime trop fort
Mon ange, mon ange

De mille saveurs

Carnet de route improbable
d'une renaissance inespérée

Une seule me touche
Lorsque tes lèvres
Effleurent ma bouche
De tous ces vents,
Un seul m'emporte
Lorsque ton ombre
Passe ma porte
Et mes rêves s'accrochent à tes phalanges
Je t'aime trop fort, ça te dérange
Et mes rêves se brisent sur tes phalanges
Je t'aime trop fort
Mon ange, mon ange

Prends mes soupirs
Donne moi des larmes
A trop mourir
On pose les armes
Respire encore
Mon doux mensonge
Que sous ton souffle
Le temps s'allonge
Et mes rêves s'accrochent à tes phalanges
Je t'aime trop fort, ça te dérange
Et mes rêves se brisent sur tes phalanges
Je t'aime trop fort
Mon ange, mon ange

Seuls sur nos cendres
En équilibre
Mes poumons pleurent
Mon cœur est libre

Journal de mon internement
volontaire en clinique psychiatrique

Ta voix s'efface
De mes pensées
J'apprivoiserai
Ma liberté
Et mes rêves s'accrochent à tes phalanges
Je t'aime trop fort, ça te dérange
Et mes rêves se brisent sur tes phalanges
Je t'aime trop fort
Mon ange, mon ange

J'aurais vraiment aimé écrire ce texte, malheureusement c'était déjà fait. Je crois que c'est Léonard Cohen et repris par AARoN, toutefois accepte-le comme un dernier hommage à notre histoire.

Je suis mort le 30 décembre 2008 à 14h ou plutôt le 4 janvier 2009 après 5 jours de lente agonie.

Je ne regrette rien et n'y vois là rien de négatif mais belle et bien la Mort qui pour moi (et j'espère pour toi) a été une délivrance que je ne crains plus. Considère que tu es plus veuve que divorcée car il n'y a pas de culpabilité ni de jugement dans la perte de « l'autre » via le décès, contrairement au divorce.

Aujourd'hui réalise que tes enfants ont la possibilité d'avoir un père et une mère grâce à Dieu, c'est miraculeux !

Quand à nous, nous n'existerons plus en tant que couple, ta vie continue car le deal était jusqu'à ce que la mort nous sépare. Tu ne peux plus me contacter et les vies et les valeurs pour lesquelles nous nous battront n'ont plus lieux d'être confrontées, comparées ou rapprochées. Notre liberté ne concerne personne d'autre que chacun de nous en tant qu'individus. Je n'ai plus rien à te prouver et je ne tiens plus à ce que tu communiques avec moi sur ta vie. Seules les enfants seront un lieu de rencontre logistique et pragmatique, ils existent par eux-mêmes et n'ont pas besoin d'autre chose que notre amour vers eux (et la logistique).

Je suis bel et bien mort et je voudrais que tu entendes que je n'y mets que du positif pour nous deux.

De ma vie passé je t'ai sincèrement aimé et cet amour là ne mourra jamais, mais sur cette terre maintenant nous ne nous rencontrerons plus et nous ne nous connaissons pas, il est donc temps d'accepter le deuil de tout ça et de lâcher prise, de nous lâcher, plus un mot, plus un bruit, plus rien qui nous retienne ou nous ramène en arrière.

À travers ce tunnel d'or que je t'invite à franchir je t'aime mon ange, pour l'éternité mais pour la dernière fois sur cette terre, je t'aime.

Valentin

Finalement elle n'a rien compris, montrant une fois de plus qu'elle et moi n'évoluions plus du tout dans le même monde. Elle a exprimé au psy que pour elle tout ça était du bla-bla théorique, n'ayant, pour le coup, aucune reconnaissance de moi et le psy lui a fait comprendre que ce que j'étais était réel et que pour moi c'était du concret et pas de la théorie, qu'elle devait maintenant réalisé que la séparation était avérée et qu'elle devait continuer son chemin seule et pour elle-même. Il a ainsi mis fin à notre thérapie de couple.

J'ai redemandé sincèrement pardon à Sophie pour tout ce qu'elle avait connu de moi mais que même si je le voulais je ne pourrai plus jamais être ce que j'avais été. Elle a pleuré, probablement parce qu'elle a accepté ce qu'elle refusait d'admettre, renaissant alors à elle-même, pleurant ni de tristesse ni de joie comme tout nouveau-né arrivant sur cette terre, lâcher prise.

Les mois ont passés, je vais maintenant chercher un éditeur qui voudra bien se laisser toucher par ma prose…

Je voudrais finir avec ces mots : La vie se fraye un chemin avec notre accord ou non ; lutter contre est voué à l'échec voire à la mort, s'adapter, faire preuve de patience et de souplesse permet de suivre le courant tout en gardant assez d'énergie pour choisir ses escales le long de ce cours d'eau.

Une rencontre imprévue et c'est un nouveau bras du fleuve qui se révèle à vous, avec ses méandres inconnues et ses paysages magnifiques ; comme me disait souvent un ami cher, « la peur n'évite pas le danger », alors je fais preuve de curiosité et j'essaye de ne rien projeter.

Mais ce qui s'ensuivit fait partie d'une autre histoire et s'il vous plait, lecteurs, qu'un jour je vous la conte alors nous prendrons le temps de bien nous installer car quoiqu'il arrive, l'amour est au bout du chemin.

Carnet de route improbable
d'une renaissance inespérée

ANNEXES

Comment Sam a eu envie de me contacter ?

Voici comment tout a commencé le 22/12/08 par mon post sur le
forum : « Cherche Escort girl pour le 65 : Bonjour, sur ma moto tous les
jours (seul véhicule), séparé encore à vif et ayant marre de trainer ma misère
quand je sors pour le plaisir, je cherche des leurres sympa à porter quand je
fais des virées pour le fun. Je ne cherche pas une relation mais vraiment un
échange de bons procédés pour partager des moments agréables à moto
dans mon coin au pied des Pyrénées. Quand je parle de leurre et d'Escort
girl prenez ça au sens de l'humour, mais je peux prêter l'équipement si c'est
en taille 36/38 et 38 en chaussures, et xxs en casque. Ma moto s'appelle
Erwann car je suis d'origine bretonne et que c'est une R1... Je suis plutôt
coulé sur route ouverte (je fais de la piste par ailleurs) surtout avec une
passagère. Donc sensations il y aura car je demande un minimum de
technique pour rouler soutenu mais je ne fais pas de roues avant ou arrière
et je n'envoie pas 250kmh en sortie de village. De plus j'aime les petites
routes champêtres (gravillons, mouillé, bouseux, virolos très serrés) mais
aussi les grandes courbes gracieuses et grippantes du côté espagnole et les
beaux paysages avec une terrasse ensoleillée pour siroter et savourer le
moment. Bref, si vous vous sentez l'âme d'une amie d'enfance et que vous
ne pesez pas plus de 55kg, je serai heureux de faire votre connaissance pour
se caler des sorties sympas. »

S'en est suivi de nombreuses réponses parfois houleuses dont je ne garderai
que les « gentilles » que voici suivi de mes réajustements :

- Réponse globale vu la variété des réactions :
d'abord merci de vous être exprimés car qu'elle que soit les réactions, ça fait
toujours chaud au cœur d'avoir 23 réponses sur une annonce par les temps
qui courent ! Bien sûr je prends bonne note des critiques émises et oui je suis
d'accord la formulation n'est pas géniale. Mais sans être une excuse, ma
situation actuelle fait que je ne me sens pas génial ; de là à être asocial et
cherchez une "amie" (eh oui, que ça, pour le reste je suis complètement en
berne pour l'instant, je suis tout froid dedans et vous connaissez l'effet du
froid sur les extrémités) ça peut paraitre paradoxal mais je ne suis pas à ça

Journal de mon internement
volontaire en clinique psychiatrique

prêt. Donc, 55kg c'était pour donner une idée de ce que je me sens capable d'assumer mais 65kg ça doit passer, je sais pas trop en fait. Moi je fais 1,74m pour 72kg et ça baisse... Par contre, si la motarde à sa moto, elle peut être ce qu'elle veut (1m92 et 90kg par exemple), après c'est au feeling, on ne peu pas plaire à tout le monde et c'est vrai dans les 2 sens ! Rencontre, partage, relation, c'est souvent dans l'ordre. Pour finir je vous demande pardon ceux que j'ai choqués, énervé, etc., ceux que j'ai fait rire, ma foi c'est bon de rire alors tant mieux. Globalement après 20 ans avec la même personne, oui, j'ai un peu de mal à reprendre mes marques, désolé.

- Auteur: Lili la Tigresse
27-12-08 00:52
@Valuynn : Moi je la trouve chouette ton annonce, tu as en plus bien précisé qu'il fallait prendre les diverses expressions au second degré.
Voilà la lecture que j'en fais :
Échange de bons procédés ? D'un côté une fille qui a envie de faire un tour en moto, mais qui n'a pas de motard dans son entourage proche, de l'autre toi qui a envie d'avoir quelqu'un qui t'accompagne sur ta moto sans que la relation aille plus loin que ça.
C'est clair, précis, et je n'y vois strictement rien de choquant.
Je crois que l'agence matrimoniale est tout le contraire de ce qu'il te faut en ce moment malheureusement.
Et tu as raison de préciser que tu peux prêter un équipement, un bon nombre de passagères occasionnelles n'ont pas investi dans ce domaine.
Comme Roxane, je te souhaite de trouver cette nana qui aura envie de partager quelques centaines de km de bitume avec toi.
V
- encore une réponse globale mais plus particulièrement destinée à Roxane, choupette91 et Lili la tigresse : Merci pour vos messages d'encouragement, ça fait du bien !
Un petit mot en plus pour Lili : tu as tout compris ! Et tu peux pas savoir comme c'est réconfortant ce sentiment d'être compris tout naturellement, sans besoin de passer des heures en débriefing compliqué pour des choses spontanées et qui ne sont finalement, que moi... Merci encore.

Pour tout le monde : je suis désolé d'avoir déclenché ce tollé mais j'ai appris à posteriori ce qui peut expliquer ma maladresse : après un réveillon de noël cauchemardesque (comme certains l'avaient prédis) j'ai lâché prise et après un rendez-vous avec un spécialiste, il s'avère que je suis en pleine dépression. Je vais donc, non pas aller dans une agence matrimoniale (encore bien vu Lili, t'as une perception parfaite) mais faire un petit séjour au vert pour faire soigner ce petit défaut d'adaptation au monde qui m'entoure. J'hésitai entre la moiss-batt en faciale avec Erwann rugissant (pot

Carnet de route improbable
d'une renaissance inespérée

racing=grosse flamme en zone rouge, ça c bon) et la boite de cacheton qui permet de s'endormir en douceur et sans vague (moins théâtrale mais tellement plus doux) et finalement une troisième solution existe, la seconde chance dont on rêve tous ? Ceci posé je ne cherche ni excuse ni pitié, c'est juste pour expliquer. Encore merci à tous pour vos encouragements et d'ici là, qui sait, j'aurais effectivement rencontré cette "amie d'enfance" que je ne connais pas encore et qui serai heureuse de découvrir la moto avec un équipement de qualité

- Auteur: Sprint-Phil
27-12-08 20:34
Sans me prendre pour un spécialiste...il faut un temps pour tous et après une déception que ce soit 1 an ou 20ans...la douleur est là et il faut commencer par ce reconstruire avant de recommencer
Une autre histoire...et l'aide d'un professionnel est une bonne idée...nous ne sommes que des êtres humains avec nos travers et nos faiblesses!!!
À chacun sa sensibilité!!!Et pour faire son deuil d'un échec !!!Chacun a son propre rythme....
prends ton temps ... et quand le moral sera en berne repasse par ici...on trouvera les mots pour que ça aille mieux!!!!

Après ce post, je n'ai plus rien lu, et pour cause, je les ais découverts le 2 avril lors de la retranscription de mes écrits :

- Auteur: ZX-9bRuno
 31-12-08 10:42
> Valuyn

J'ai beaucoup d'admiration pour toi : je trouve que tu réagis courageusement depuis le début de ce thread.

Personnellement, par fierté (déplacée) je les aurais tou(te)s envoyé(es) aux pelotes à ta place (ce qui n'aurait servi à rien).

Certes, il ya quand même écrit "Forum RENCONTRES et sorties" et ton annonce était claire et positionnée dans l'esprit pour lequel cette section avait été prévue.

Pour le reste, je te souhaite de bien remonter la pente car on n'efface pas 20 ans d'un revers de gant. Noël est toujours difficile à passer et l'hiver aussi. Avec les prochains beaux jours, tu pourras de nouveau sourire à la vie : en attendant, prépare ton R1 !

- Auteur: croque
 13-01-09 15:06
Salut Valuynn,

Journal de mon internement
volontaire en clinique psychiatrique

Je viens pas souvent sur le forum d'où le délai, je post plus non plus car ça part trop vite en sucette parce que les gens ne lisent pas mais interprètent... Ton post était parfaitement clair et ton état d'esprit aussi, te parler d'agence matrimoniale m'a semblé surréaliste. Alors je suis un mec, je fais 1.83m et 75kg mais j'ai ma propre moto et je suis du sud 31 soit pas loin de toi, si tu veux faire une tite ballade, mode lopette pour moi, dis moi. Les séparations et les antis dépresseurs je connais bien aussi...

A+

- Auteur: FANNY88

 14-01-09 15:39

Meilleurs vœux pour cette nouvelle année et je te souhaite de rencontrer un sds ou une motarde qui te convienne sur tous les plans (enfin presque il ne faut pas exagérer tout de même !!!)

J'ai peut-être en effet été un peu sévère dans mes propos et si je t'ai choqué je m'en excuse.

Ta situation je l'ai vécu il y a un peu moins de 3 ans, difficile à accepter mais saches que l'on ne refait pas sa vie on la continue et tu vas vivre d'autres moments avec d'autres personnes à d'autres endroits et tu vas t'apercevoir que finalement ce n'est pas la fin du monde. Penses à tes enfants je ne sais pas quel âge ils ont mais le principal c'est bien eux et pour qu'ils se sentent bien il faut que leur papa soit bien dans sa tête.

Dommage ta région est un peu éloignée (même beaucoup) mais si un jour tu passes dans les Vosges alors n'hésites pas.....les routes y sont excellentes !!!!!

Pour ma part je suis sac de sable de temps à autre quand il y a une selle de libre sur les motos des potes (dernièrement dans les Hautes Vosges le 26 décembre soleil magnifique sur la neige mais route sèche) mais je me lance j'ai revalidé mon code le 3 décembre et je vais commencer la circulation quand le temps le permettra mais ici c'est chaud (enfin façon de parler !!!!) alors j'espère obtenir le papier rose pour les beaux jours (si ils arrivent ici !) et j'ai une petite idée de ma future moto pour justement faire toute la côte cet été.

Portes-toi bien et ne vis pas qu'avec ton passé même si il te rattrape.... et c'est bien normal.

Ne cherches pas le clone de ton ex surtout tu ne le trouveras pas mais qui sait peut-être que tu vivras et partagera encore plus au côté d'une autre

115

moitié.

Tchao

- Auteur: FANNY88

 16-01-09 10:54

Réponds moi Valuynn je me suis excusée....

_____

On a beau être motarde on en reste pas moins une femme...

Voilà, je suis émerveillé par la capacité de tout un chacun de retrouver le chemin de la qualité à travers la communication...

Mais revenons à Sam, voici nos échanges par mail :

- le 14/01/09

Bonsoir

J'ai parcouru ton post, ouh là là, pour un accueil, ce fut glacial.

J'ai choisi de te répondre en privé parce que je ne poste quasiment plus sur le RDM, la moindre phrase est sujette à des polémiques. On te jauge, on te juge, on te fait de la morale. Je pars du principe où je ne suis pas sur un site pour juger mais plutôt aider ou soutenir les gens.

J'espère que cela ne t'a pas découragé pour ton entrée sur ce site.

Je suis désolée pour ta rupture. Nous avons tous connu une période très douloureuse. Et effacer 20 années de vie commune serait renier ton passé, et donc tes enfants. Je sais, c'est facile à dire, mais pas du tout facile à mettre en pratique, car ces jours-ci se conjuguent au passé pour toi, n'est ce pas ? Tout te rappelle ton passé, mais tu ne vois pas le futur, ou tu ne veux pas le voir, tu t'en fous de ton futur en fait...

Comme tu l'as si bien compris, la guérison ne passera pas par l'accumulation de conquêtes, de sorte de combler le vide actuel, de pouvoir effacer momentanément de ta mémoire les souvenirs heureux avec ton ex femme. La guérison vient par palier.

- il y a d'abord la période dite de dépression, celle que tu vis en ce moment

- celle de l'analyse (où tu te poses des questions type « que n'ai-je pas fait pour qu'elle parte comme ça ? » ou encore « j'aurais dû faire ci ou ça pour elle »

- puis tu vas franchir une très grande étape : celle de l'acceptation, c'est le seuil vers la délivrance

Journal de mon internement
volontaire en clinique psychiatrique

- ensuite une période d'ouverture, celle où tu vas rechercher la compagnie (masculine ou féminine, en toute amitié)
- et enfin l'amour peut-être au bout

Si cela n'a pas marché avec ton ex, c'est peut-être que vos caractères sont simplement incompatibles ou que l'amour n'est plus réciproque. C'est très difficile à vivre quand l'amour est sans retour, je sais.

Sache qu'autour de toi, il y aura plein de gens qui vont te soutenir dans cette épreuve, les messages des repairiens en sont un bon exemple. Si jamais un WE tu t'ennuies, viens sur Paname t'aérer, ou plutôt te « polluer les poumons » serait le terme adéquat, vu l'atmosphère pourri qu'on a (rire).

Ne reste surtout pas chez toi à broyer du noir, oblige-toi à sortir. C'est aussi le moment d'aller rendre visite à des amis que tu n'as pas pu voir depuis longtemps, ou faire un sport que tu affectionnes mais que tu n'avais plus le temps dernièrement, faire du tricot et de la couture (euh. non, ça c'est pour moi !!!) :o)

Si tu as un ami proche, n'hésite pas à le solliciter pour te confier. Les hommes sont peu bavards sur leur état d'âme, mais il est parfois salvateur de parler ou de pleurer sur une épaule pour se soulager un peu.

Une oreille amie qui te souhaite beaucoup de courage.

Sam

-le 16/01, Valentin a écrit :

Waoh ! Merci pour ce loooong message que tu intitules très humblement "petit mot", ou alors c caustique ;-)

Où t psy, où toi tu t'en es sorti, où les deux.

Dans tous les cas je te remercie sincèrement pour cette belle intention. Moi, g finalement craqué et g intégré volontairement une clinique psy en état de dépression sévère. J'en suis à la phase d'analyse et c'est pour moi à la limite du supportable, pourtant je ne peux qu'aller au bout maintenant, qu'elle qu'en soit le bout. Je suis arrivé avec un cœur brisé, j'ai réalisé que j'avais l'âme lourde et là je m'attaque au roncier de ma vie... Mais je me sens bien entouré professionnellement, j'ai aussi le très bon ami mieux qu'un frère, et des gens qui m'aiment et m'attendent de l'autre côté du désert.

Et maintenant il y à toi, trop loin pour tout mélanger et pourtant si proche.

Si je ne m'en sors pas c que je suis vraiment trop con ! :-)

J'écris beaucoup en ce moment sur mes sensations, mon vécu, etc. À

Carnet de route improbable
d'une renaissance inespérée

l'occasion et si tu te sens l'âme d'un correspondant de guerre je te le ferai lire. Encore merci pour ton "petit mot", g vécu en région parisienne jusqu'à 28 ans et ce n'est pas ma tasse de thé mais plus tard si tu veux vraiment t'aérer, viens mettre du gaz sur les crêtes d'Espagne et le circuit de Pau-Arnos, si je passe toutes les étapes que tu cites, j'y serai.
Valentin.

- le 19/01
Hello Valentin,
Quel joliiiiiii prénom !!
Nan, je ne suis pas psy, et je ne bosse pas du tout dans ce domaine :o)
Oui je m'en suis sortie, au bout de deux ans de lutte. Mais comme tu le sais sans doute déjà, les blessures de l'âme et du cœur ne se guérissent pas, un pansement aide souvent à arrêter l'hémorragie, mais la blessure restera entr'ouverte.
Bravo à toi d'avoir pris la décision d'intégrer une clinique psy et de te faire aider par des professionnels. La plupart du temps, les gens refusent cette idée de psychiatrie, car c'est encore assez tabou. Mais le fait que tu aies accepté l'aide d'une tierce personne montre que tu as une ouverture d'esprit certaine, qualité indispensable dans ton chemin de croix et donc atteindre plus vite la « guérison ».
En ce moment, ce doit être la descente aux enfers, tu vas encore t'engouffrer jusqu'aux fins fonds des ténèbres. Les idées vont tournoyer dans ta tête, ta tête est un sac de nœuds, 1 million de questions dont la moitié restera sans réponses, tant que tu seras au fond….
C'est dans cette période qu'on se sent perdu et très fragile émotionnellement. Alors on essaie de se créer une carapace pour se protéger, mais la carapace est faite de dentelle, si fragile….
Tu vas avoir droit aussi aux critiques de ton entourage. C'est le point le plus difficile à vivre (enfin pour moi). Essaie de t'entourer de gens positifs, qui savent te soutenir et t'apporter des paroles réconfortantes. Fuis tous ceux qui te culpabilisent, eux non plus ne sont pas parfaits, ils l'oublient souvent, et eux ne vivent pas avec toi pour savoir ce qui s'est passé dans ton couple.
Dans ton mail, tu t'es demandé à 2 reprises si tu allais t'en sortir ou pas de cette épreuve. Il y a 2 sortes de dépressifs.
- ceux qui se laissent aller, et n'ont pas la force de combattre la douleur, et se

118

Journal de mon internement
volontaire en clinique psychiatrique

réfugient dans des substances illicites, coucheries minables, etc....

- et ceux qui ont un tempérament fort et ont une volonté de se relever, alors ceux-là retroussent les manches.

Je ne connais pas ton caractère pour deviner si tu appartiendrais à la 1ère ou seconde catégorie. Mais le fait que tu aies entrepris une thérapie laisse présager une volonté de t'en sortir, non ?

Si l'écriture est pour toi un exutoire, si elle te permet de soulager tes peines, alors écris, encore et encore. Il n'y a pas de meilleurs remèdes. C'est en écrivant ou en parlant que tu vas, petit à petit, mettre à plat tes pensées, mettre de l'ordre dans ton analyse, et enfin trouver quelques éléments de réponses à tes interrogations. C'est aussi en posant des mots sur un papier (ou sur un PC) que tu vas décortiquer ton passé, l'exorciser, accepter, et enfin tourner la page. C'est aussi en échangeant tes impressions avec les autres que tu verras certaines zones d'ombre s'éclairer.

Quant à tes écrits, je serai ravie de les lire, si tu ne vois pas en ce geste une intrusion dans ta vie privée.

Sam

- le 19/01 je lui envoi mon texte « Ma Tristesse »

Merci Sam. Je suis déjà descendu au fond et je sens cette histoire de carapace en dentelle. Mon entourage ne me pose pas de problème car j'ai choisi la retraite monastique en milieu psychiatrique. Donc il y a les pros d'un côté et un ami très proche et bienveillant qui gère l'interface avec le monde extérieur. Puis il y a les "clients" comme moi dont il n'est pas difficile de s'affranchir ; et puis il y a toi, petits mots sur mon portable qui arrivent par les ondes.

Mon caractère n'est pas dans tes catégories et pourtant j'en ai aussi des deux, ou plutôt j'en avais. Comme quoi il n'y a jamais qu'une seule chose à faire et quoiqu'on fasse il n'existe pas de manichéisme, ce ne sont que des choix et la vie contient la liberté que l'on s'interdit souvent.

Je t'envois le 1er texte qui m'est venu. J'étais là à pleurer seul assis sur un banc devant la clinique et j'ai lâché ces mots. Ils sont brut de décoffrage, au fur et à mesure que j'écris les textes changent et le ton évolue, je t'en enverrai d'autres une prochaine fois.

Au fait ta branche c quoi, parce que si c l'édition j'ai dans l'idée d'écrire un livre de délivrance. Je me suis interné le 30/12 g écris le 1er texte le 12/01

Carnet de route improbable
d'une renaissance inespérée

aujourd'hui j'ai déjà 96 pages de textes. J'auto-thérapeutise à bloc et pourtant je ne force rien, j'ai laissé ma volonté derrière moi avec mes fantasmes d'héroïsme :-)
Je te remercie d'entretenir cette correspondance avec moi, prends soin de toi, à bientôt.

- le 25/01 j'écris ceci :
Bonnes nouvelles ! En tout cas c'est ce que j'espère. C'est idiot mais ton long silence m'inquiète. Je souhaite que tout aille pour le mieux pour toi. Regards d'ici. Valentin.

- le 26/01 :
Bonjour Valentin
Excuse-moi de ne pas te donner signe de vie, car j'avais pas mal de boulots la semaine dernière. Et comme je suis devant un PC 10h / jour, le soir et le WE, je n'ai plus envie de m'y remettre quand je suis à la casa.
Te demander si tu vas bien serait vraiment incongru. J'espère simplement que tu ne souffres pas trop des intempéries qui sévissent le Sud depuis quelques jours.
J'ai lu ton premier texte, oui, du chagrin, il y en a.....beaucoup, mais quel âme de poète !
La vie n'est pas un choix, nous la subissons, c'est mon avis personnel. Nous la traversons du mieux que nous pouvons, mais qui dit que la vie, c'est du bonheur ? En tout cas, la liberté, nous n'en avons pas tant que cela. Notre quotidien est régi par des règles, des choix de notre entourage, mais ces choix ne sont pas forcément les nôtres. Un proverbe bouddhiste dit que la vie est un océan de tristesse et de malheurs. Bouddha n'a pas tort....
Pour en revenir à la réalité, eh non, je ne te serai d'aucune aide, car je ne travaille pas dans l'édition. Je ne te cacherai pas que j'ai horreur de lire. Je fais ma BA de l'année en lisant un seul roman par an.... Et encore, ce n'est pas de la grande littérature que je lis, mais plutôt des autobiographies traduites, donc le beau français n'y est pas toujours LOL. Je me sens toute petite à côté de tes proses !!!
A très vite
Sam
PS : Je travaille dans l'automobile.

Journal de mon internement
volontaire en clinique psychiatrique

Je n'ai pas répondu, mes tribulations intérieures prenant le pas sur ma correspondance extérieure. La vision de Sam sur les choix et la liberté m'avait peiné car je ne me sens pas du tout dans cette vision, mes écrits le montre, je n'ai pas eu le courage de renouer. Elle n'a pas relancé…

Carnet de route improbable
d'une renaissance inespérée

© 2010 Valentin Trévidic
Edition : Books on Demand GmbH, 12/14 rond-point des Champs
Elysées, 75008 Paris, France
Imprimé par : Books on Demand GmbH, Norderstedt, Allemagne
ISBN 978-2-8106-1817-0
Dépôt légal : juillet 2010

Journal de mon internement
volontaire en clinique psychiatrique

Carnet de route improbable
d'une renaissance inespérée